COBALT-SERIES

アオハライド1

阿部暁子　原作　咲坂伊緒

集英社

AO — HARU — RIDE

CONTENTS

1

アオハライド①【目次】

第１章 — 10
第２章 — 72
第３章 — 142
あとがき — 221

アオハライド

AO—HARU—RIDE

人物紹介

吉《よし》岡《おか》双《ふた》葉《ば》

高1。中学時代、
女友達にはぶられてしまった経験から、
周りから浮かないよう自分を偽って
毎日を過ごしている。そんなある日、
ずっと忘れられない「田中くん」を
思わせる洸に出会って…？

馬《ま》淵《ぶち》洸《こう》

高1。双葉の初恋の人。
両親の離婚で、
名字が「田中」から「馬淵」に変わった。
基本的にそっけなくて、
双葉にきつい事も言うけど、
時々かばってくれて…？

イラスト／咲坂伊緒

アオハライド 1

AO — HARU — RIDE

THE SCENT OF AIR AFTER THE RAIN...
I HEARD YOUR PULSE. I SAW THE LIGHT.

阿部暁子
原作 咲坂伊緒

第1章

1

あやふやで、手さぐりみたいな恋だった。

つぼみのまま風にちぎれる花みたいに、何もはじまらずに終わってしまった、初めての恋だった。

田中洸《たなかこう》、というのが彼の名前だった。

男子という生きものは、乱暴だし、雑だし、いつも下品なことを言ってゲラゲラ笑いころげてるし、デリカシーがなくてただでさえ苦手だったのに、中学に入ったらぎょっとするほど体が大きくなったり声も低くなったりして、ますます苦手になった。

けれど洸は、男子でも何か違った。

洸は背が小さくて、声が低くない。肌の色が白くて、女の子みたいにひょろっと細い。目尻がきゅっと切れた深い茶色の瞳《ひとみ》は一度見たら忘れられないほど印象的で、でもきついとか怖いとかいう感じは全然なく、ライオンの赤ちゃんに似てる、と初めて見た時に思った。

男子とすれ違う時はいつも体が硬くなるのに、洸のそばを通る時はそんなことがなかった。ミネラルウォーターみたいにさらさらしている洸だけは平気だった。

いつからだったんだろう、彼を目で追うようになったのは。気づいたらもうそうだった。

でも、初めて口をきいた日のことは覚えている。中学一年の夏。忘れられないあの夏。

あの日は、そう、一緒に下校していた友達の由美《ゆみ》が「あ」と言って足をとめたのだ。

「内藤《ないとう》、何してんのー？」

中学校の近くにある神社の前を通りかかった時のことだった。由美にあわせて双葉《ふたば》も立ちどまり、赤い鳥居《とりい》の下で輪をつくる八人の男子をながめた。

内藤、と呼ばれて「おー」と手をあげたのは隣のクラスの男子で、よく見るとほかのメンバーも全員そうだった。その中に洸の姿を見つけて、少しだけ、双葉は息をつめた。

「みんなして集まって何やってんの？」

「ん？　ドロケー」

「ドロケー⁉」

ドロケーは、かくれんぼと鬼ごっこがまざったような遊びだ。まず警察チームと泥棒《どろけい》チームに分かれて、百をかぞえる間に泥棒は見つからないようにどこかへ潜伏《せんぷく》する。制限時間内にそれを全員捜し出せたら警察の勝ち。逃げ切れたら泥棒の勝ち。途中で捕まってしまった泥棒は『牢屋《ろうや》』に入れられるが、仲間が警察に見つからないようにタッチすれば脱獄《だつごく》できる。

「ドロケーって、小学生みたーい」

「だろ？　そういえば昔よくやったよなーって話してたらさ、なつかしいから今からやってみるべーってことになって、今チーム分けしてたとこ」

「あはは、なにそれー」

内藤としゃべる由美の声は、いつもより高くてはずんでいる。由美ちゃんは内藤くんが好きだもんなぁ、と思っていると、

「私もやりたーい！」

と由美が言い出したので、えっ、と双葉は驚いた。

「ねえ、双葉もやろうよ！」

「え……私は……」

普段そばを通るだけでもびくっとするのに、こんなにいっぱいの男子にまざってドロケー？　ちょっとそれは……、と口ごもっていると、洸と目が合った。

ほかの男子たちは「えーどうするよー」「ほんとかよー」と言いながらまんざらでもなさそうに笑っているのに、洸は透きとおるような目でこちらを見ていた。ふしぎだ。背だって低いしひょろっと細いし、さっきから大きな声も出さずに大人数の中で静かにたたずんでいるだけなのに、洸の姿は切りとったようにくっきりと目に映る。

思わず顔をふせて目をそらした。心音が速くなる。

「別に、やってもいいけど……」

「やった、じゃ決まりね！」

「んじゃあ、グーパージャンの！」

内藤のかけ声に合わせて「グーパー、ジャスっ！」とみんなでグーとパーだけのジャンケンをする。グーが警察チームで、パーが泥棒チームだ。何度か「グーパー、ジャスっっ！」とくり返すうちにグーとパーの数が同じになった。双葉はパーで泥棒チーム。由美ちゃんは？　と見ると、グーの手のまま「同じじゃーん！」と内藤に笑っていた。

田中くんは……？

そっとうかがった洸の手はパー。ただそれだけで、じわりとうれしくなった。

「じゃー百かぞえるから、ドロは逃走開始ー！」

泥棒チームは神社内のどこに潜伏してもいいが、境内《けいだい》から出てはいけない。警察チームのカウントが始まり、泥棒チームは急いであたりに散った。男子は逃げながら跳《は》ねたりこづき合ったり「ギャッハー！」と奇声を発したり、もう底なしにテンションが上がっていて、近寄りたくないので双葉は彼らとは反対の方向へ走った。

神社の境内には至《いた》るところに木々がおいしげり、濃い緑のにおいがたちこめている。太くて立派な古木で組み立てられた本殿の裏手にまわってみると、まだ花の咲かないツツジの茂みがあった。茂みのこちら側は、警察チームがうろうろしている方角からは見えない。とりあえずここに潜伏しよう。警察チームに見つかるといけないから、しゃがんで葉陰《はかげ》に隠れながら、茂みのさらに奥へと進んだ。

「あ」

思わず声をこぼしてしまうと、ふり返った彼も「あ」という顔をした。

木目が白っぽく褪《あ》せた本殿と、ツツジの茂みとのあいだにある細い空間に、洸がしゃがみこんでいた。双葉は体を屈めたままあわてて背中をむけた。

「ごめん、私ほか行くね」

「あ」

後ろから二の腕をつかまれて、胸の中で小さな生きものがとびはねた。

「今だめ、警察チームいる」

言いながら洸は、本殿の角からそろっと顔を出す。

洸の肩ごしに同じ方向をうかがうと、ツツジの茂みの向こう側で、警察チームの男子が二人、あたりを見回っていた。

「ほんとだ……ありがと」

「うん」

――――びっくりした。

見た目はちょっと女の子みたいなのに、さっき腕を引いた力は、驚くほど強かった。こちらに背中をむけた洸の、半袖《そで》のワイシャツからのぞく肘《ひじ》の骨が鋭《するど》い三角形に浮き出ていく、やっぱり男の子なんだなと思う。それでいて、ゆるいくせ毛はうなじでくるんとはねていく、かわいかった。

「お、やべ！」

いきなり洸が顔をひっこめてうしろに下がってきた。洸の後頭部が鼻の先にふれそうになって、どきんとした。

「あぶね、見つかるとこだった」

潜伏中の泥棒を捜して、警察チームの男子がこちらへ近づいてきたのだ。男子は茂みをちょっとのぞくと「いねえな」というふうに首をかしげて遠ざかっていく。ほっと洸が息を吐くのに合わせて、すぐ鼻先にある彼の肩がゆるんだ。

ほのかに漂ってくる、シャンプーのにおいと、少しだけ汗のにおい。

これが、男の子のにおいなのかな……。

ふいに洸がこちらをふり向いて、ぎくりとした。ライオンのこどものような茶色の日に、至近距離から見つめられて鼓動《こどう》が速くなる。どうしよう、もし田中くんが超能力者で、私の考えてることがわかっちゃったら――

ごめんなさい、もう変なこと考えません、アメンボ赤いなあいうえお、ともし本当に洸が超能力者だった時のために必死に変な考えを追い払っていると、足音が近づいてきた。

「なー、あっちいそうじゃね？」

「俺ちょっと見てくる」

警察チームだ。こっちに来る。息をのんだ瞬間、澄んだ声がささやいた。

「吉岡《よしおか》さんはここにいな」

えっ、と止める間もなく洸は猫科の動物のようにしなやかに立ち上がると、ツツジの茂みをひと息に飛びこえた。

「あっ、やっぱいた!!」

「そっち回りこめッ！」

警察チームの二人組は、洸を挟《はさ》みうちにしようと二方向から追いかける。

包囲される前に逃げきろうと、洸はぐんぐん加速する。

洸はすばしこかった。本当に野原を駆ける小さなライオンみたいだった。田中くん、と心の中で一生懸命に呼んだ。田中くん、田中くん。それでも二手に分かれた警察チームの一人が、じょじょに洸の背中に追いついて、

「タッチーっ！」

「うあっ」

「はいー、泥棒ひとり牢屋行きー」

警察チームは、苦笑いする洸の襟首《えりくび》をひっぱって連行していく。双葉が隠れているツツジの

茂みの向こうには、半径十メートルほどの砂地の広場があった。広場のまん中には、そのへんに落ちている木の枝を使って描いた大きな円があり、そこが捕まえた泥棒が入れる『牢屋』だった。連行された洸は、円の中にちょこんとしゃがみこんだ。

助けて、くれた。

私が捕まらないように、田中くん、囮《おとり》になってくれたんだ。

双葉は膝《ひざ》でにじりよって、ツツジの翡翠《ひすい》のような葉のすきまから向こう側をのぞきこんだ。

洸は退屈そうに、そのへんに転がっていた木の枝を拾って地面に落書きをしている。

『吉岡さんはここにいな』

私の名前、知ってた。今までしゃべったこともなかったのに。

鋭く息を吸いこみ、洸を捕まえた警察チームの動きをうかがう。男子二人は「いねえな」「あっち行ってみっか」と言い合いながら、境内の表側のほうへ歩いていった。

一度捕まってしまっても、味方がタッチすれば泥棒は脱獄できる。

今度は私が助けるんだ、田中くんを。

警察チームの二人が本殿の角を曲がって見えなくなった瞬間、ツツジの茂みをとび出した。

田中くん。田中くん。待ってて、今行く。

まだ声に出して呼んだことのない名前を胸の中でくり返しながら、牢屋にしゃがみこむ彼をめざして全力で走った。

ふと、こちらをふり向いた洸が「あ」という顔をした。

金色の夏の光が降るしたで、きゅっと目尻の切れた深い茶色の瞳が、小さな宝石みたいにきらめいていた。

「……助ける、つもりだったんだけど……」

「うん」

ところどころ歪《ゆが》んだ円の中にしゃがみこんだ洸は、膝頭に腕を重ねて、またその上に顎《あご》をのっける。となりにしゃがんだ双葉は面目《めんぼく》なくて顔を上げられなかった。

双葉が茂みをとび出したその直後。洸を捕まえた警察チームの二人組が「やっぱあっちの茂みとかあやしくね？」などと言いながら戻ってきてしまったのだ。

「あっ！　もう一人いた！」と二人がかりで追いかけられながらも、しばらくは逃げ回ったのだが、やっぱり男子の足はすごく速い。洸を脱獄させる前に、こちらが牢屋送りにされてしまった。「吉岡さん、タッチ！」と腕にさわられた時、ぎくっと体がこわばった。

洸は、サラサラの砂が覆《おお》う地面を無言でながめている。双葉も、膝小僧をかかえる腕に顎をのせ、睫《まつ》毛《げ》をふせた。

こういう時って、何を話せばいいんだろう。

しゃべりたいのに、どうやって話しかけたらいいのかわからない。そういう自分がもどかしい。何かしゃべってくれないかな、と思った時「……あの」と洸が小さく言った。

「さっき、サンキューな」

ほかの男子みたいに低くない声。どこか女の子みたいな、肌の色が淡い横顔。少しくせのある黒い髪の毛が、微熱のような夏の風に小さくゆれる。そのえり足がくるんと外側にはねていて、かわいいな、と思う。

「吉岡さんが走ってきてくれた時さ。結構、だいぶ、うれしかったよ」

男子は苦手だけど、洸だけは違った。たくさんの男子の中につい姿をさがしてしまって、見かけるとうれしくなって、廊下ですれ違う時、いつもどきどきしていた。

うん、と答えた声は少し震えてしまったから、

「うん」

ともう一度言い直すと、

「うん」

と洸も小さく言った。

それから、よく目が合うようになった。

移動教室のために友達と廊下を歩いている時、廊下のすみで男子たちとふざけあっている洸と。放課後に昇降口で靴《くつ》をはきかえている時、となりのクラスの下駄箱《げたばこ》にやってきた洸と。

ほかにもいろいろな場所、いろいろな一瞬に視線をむすんで、最初はどちらもすぐに目をそ

らす。そして小さなためらいのあとに、またそっと洸を見ると、洸もこちらを見ていた。

あの通り雨の日。

放課後に通学路の途中で友達と別れたあと、ぽつりと水滴が頬《ほお》に当たったかと思ったら、たちまちそれは雨に変わった。ついさっきまで晴れていたなんて信じられないほどの強い降りだった。とても傘《かさ》なしで歩いてはいられなくて、双葉は通学鞄《かばん》で頭をかばいながら、ちょうど通りかかった神社の赤い鳥居をくぐった。

本殿の軒下《のきした》に走りこんで、ほっと息をついた時、ジャリ、と音がした。

右手の方向の、少し離れた軒下に、洸が立っていた。濡《ぬ》れたワイシャツの半袖や襟《えり》がうっすらと半透明になって、ゆるいくせ毛がこまかな房に分かれていた。

目が合うと、洸はすぐにそらし、横顔のまま小さく顎を引いてあいさつした。双葉も視線を合わせないまま、ぺこっと頭をさげた。

神社に移動するあいだに雨脚《あまあし》はいくぶん弱まり、さっきまでは尖《とが》った鉛筆で書き殴《なぐ》ったようだった雨の線が、今は銀色に光る糸みたいだった。ささやくような雨音のほかに聞こえるものはない。双葉は意味もなく濡れた前髪を指先でさわった。

「急に降ってきたよね」

え、と顔をむけると、洸は制服の黒いズボンのポケットに両手を入れて、うつむき加減《かげん》になった。彼の濡れた前髪の房の一つから、水滴が銀色に光りながらしたたった。

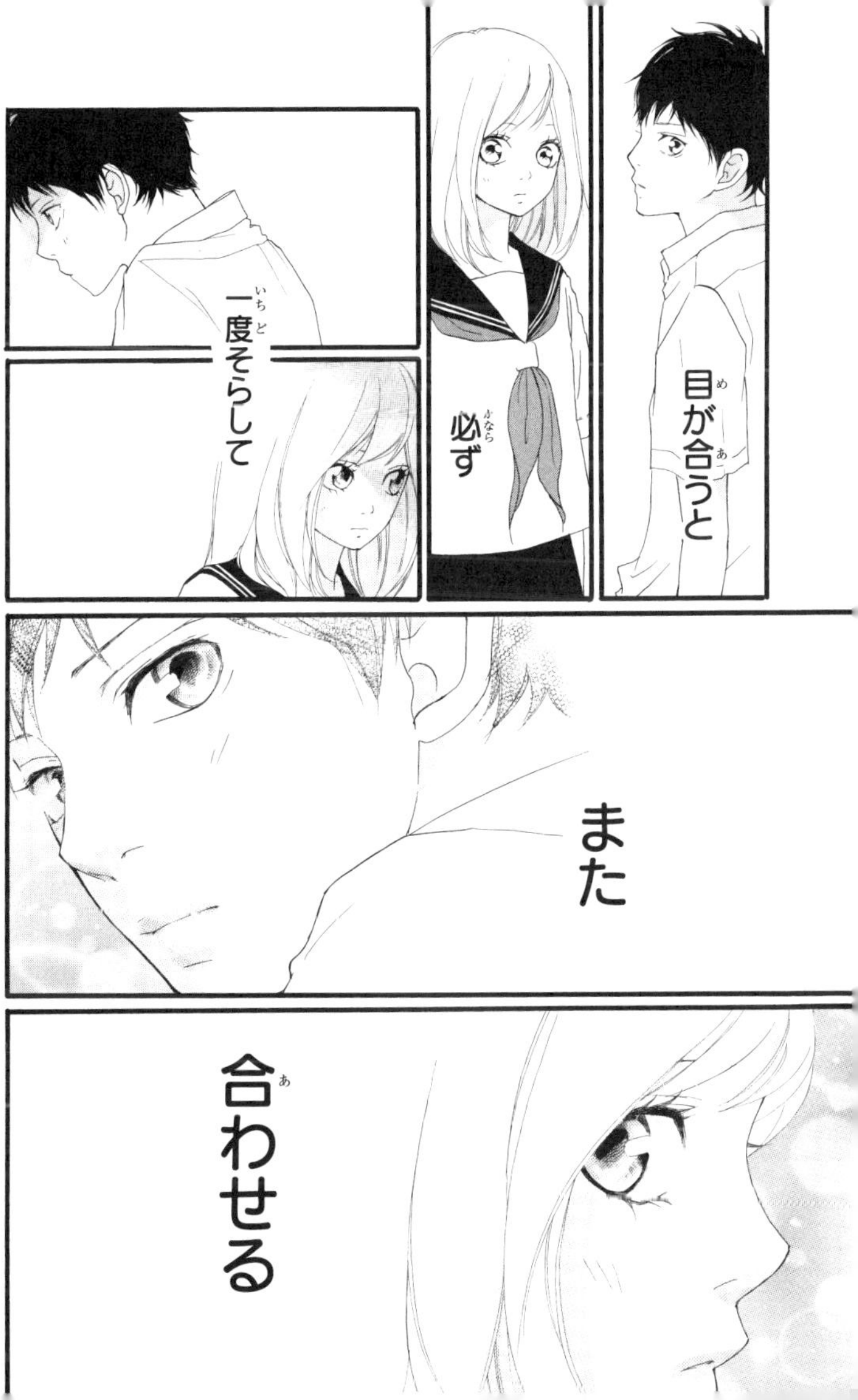
目《め》が合《あ》うと
必《かなら》ず
一度《いちど》そらして
また
合《あ》わせる

「……うん」

ひと言だけ答えるとまたしんとしてしまって、失敗した、と後悔する。「うん」じゃなくて、もっとうまい言い返しをすればよかった。

男子は苦手だけど洸は違う。全然嫌じゃない。それなのに、どうかしてか今はそばにいると緊張して、もっとしゃべりたいのに続きの言葉が出てこない。なんで？　これじゃまるで私、田中くんのこと――

突然、火傷《やけど》でもしたみたいに頬が熱くなった自分に、自分でも動揺した。えっ、うそ、私⁉　まさか、えっ？　えっ？

なんだか知らないけどとにかく頬が熱くて、何か話さなければ恥ずかしくて、視線をさまよわせると本殿の近くに立つ掲示板が目に入った。『夏祭り』という飾り文字と、日時だけが記載された簡単な薄黄色のチラシ。

「田中くん、お祭り行く⁉」

「え……っ？」

そんなつもりはなかったのに大きい声になってしまった。それに今の言い方、なんか誘ってるみたいじゃなかった⁉

「ゆ、由美ちゃんは行くかなー。聞いてみよ～っと」

ああ、どうしよう、すごく変……！　また失敗した。恥ずかしい。屋根からの雨だれを見上げるふりをしながら、顔がまっ赤になっていくのがわかった。

　ジャリ、と靴裏と地面の砂がこすれる音がした。

「これ、使っていいよ」

　すぐそばで洸の声がして、ぱさりと頭に何かが被《かぶ》さった。目線を上げてそれをつまんでみると、白い半袖のTシャツ。襟《えり》もとと袖に青い縁《ふち》どりがついている。

「体そう着？」

「風邪《かぜ》ひく。それでふきなよ」

　すぐとなりに立った洸は、真顔で言った。

「大丈夫、それ着てないやつだから。一回しか」

「うえー！　一回着たんじゃん！」

「ははっ」

　明るく破顔《はがん》した洸に、体そう着を頭にのせたまま見入ってしまった。

　今までに見かけた洸は、たとえば廊下に友達同士で集まっている時、大きな声は出さずに笑っていた。誰かの悪口を言い合っている友達のそばで、困ったような表情で黙っていた。

　ずかずかと踏みこめるほど強引でもなく、うまく受け流せるほどおとなびてもいなくて、でも誰かを傷つけたりしないように控《ひか》えめに自分の中の一線を守っている、洸をそんな人だと思っていた。でも今は――ずいぶんといたずらっぽく笑う。雨あがり、洗われた緑色の葉のうえで光るしずくみたいな笑顔だった。

「いーもん、使っちゃおうっと」

双葉もつられて笑いながら、半袖の体そう着で濡れた髪をふいた。

「ありがとー」

「んー、使いなー」

タオルじゃなくて体そう着を渡してくれた洸も、それで髪をふいている自分も、なんだかおかしかった。でも嫌じゃない。全然、嫌じゃない。お風呂あがりみたいに髪の水気をふきとっていると、体そう着からふっとにおいがした。清潔《せいけつ》な洗剤と、少しだけ違うにおい。ドロケーをして遊んだ時、すぐそばにいた彼から漂ってきた、あの男の子のにおい。

濡れた髪の隙間《すきま》からそっとかたわらをうかがうと、洸は銀色に光る雨をながめていた。どことなく緊張したような横顔と——熱っぽく赤くなった耳。

田中くんは。

田中くんは——そうかな。

違うかな……。


借りた体そう着は自分で洗濯して、アイロンも丁寧《ていねい》にかけて、次の日、休み時間にとなりのクラスに行った。「田中くん」とドアの外から呼びかける時、すごく緊張した。教室のまん中の列で男友達としゃべっていた洸は「あ」という顔をして、大股《おおまた》に教室の外へ出てきた。

「体そう着、ありがとう」

「うん」

たたんだ体そう着を渡すと、それでもう用は済んでしまった。もう少ししゃべりたいけど、何を話したらいいかわからない。沈黙に緊張して、双葉はあとずさるように彼から離れた。

「じゃ……」

「夏祭り、行くの？」

え、と顔を上げると、洸は目が合う寸前でそらした。

「友達ともう約束した？」

「え……まだしてな……」

「七時」

顔を隠そうとするように腕を持ち上げて、洸は続けた。

「三角公園の、時計のとこ」

三角公園は、中学校から十分ほど歩いた距離にある公園だ。本当の名前は知らないが、敷地が三角の形をしているから、この街の子どもたちはみんな「三角公園」と呼んでいた。

ゆっくりと腕をおろした洸は、返事を待つようにこちらを見る。……これ、一緒にお祭りに行こうってこと？　そう、なのかな。違うかな。

「え……っと」

「おー⁉　何してんの、二人でーっ！」

返事に迷っていると、教室から男子生徒が出てきた。友達の由美が好きな内藤《ないとう》だ。

内藤に顔をのぞきこまれた洸は、たじろぐような表情になった。

「貸してたもの返してもらっただけだよ」

「え、そうなの？　なんだー」

さっと背中をむけて、洸は教室に入っていってしまう。結局、返事ができなかった。私たち約束したのかな……？　田中くん、そうなの？　遠ざかる洸の背中に問いかけていると、

「なー！　貸してたものって何？」

と内藤が遠慮なく近づいてきたので、双葉は反射的にあとずさった。

「べ、別に何でも……」

「えー？　なんかあやしいな。おまえら、ドロケーやった時も二人して同じとこ隠れてたしさあ。なんかあるんじゃねーの？」

声が大きい。まわりの人に聞こえちゃう、田中くんにも聞こえちゃう。頭の中で風船がぱんぱんに膨《ふく》らんでいくみたいな気分で「静かにしてよっ」と小声で言うのに、内藤は、まったくかまわずに顔をよせてくる。

「なあ、教えろよ。ほんとのとこどうなんだよ。なーっ、なーっ」

「……やめてよっ！」

廊下に出ていた生徒が、何だ？　というようにこちらをふり返った。内藤も驚いたように目を大きくしている。人前でこんな大きな声を出したのは初めてだった。恥ずかしくて頭の中がぐるぐるして、もう後戻りできなくなる。

「やめてよ、うっとうしい！　だから嫌なんだよ、男子って！　バカみたいっ」

乱暴で、うるさくて、みんなが見てるのにあんなこと大声で訊《き》いて。

田中くんだけなの。怖くなくて、ちゃんと話ができて、一緒にいたいと思うのは。

「男子なんてみんな嫌いッ！」

あ――

洸が教室から出てきたのは、叫んだのと同時だった。

口もとを硬くした洸は、すぐに目をそらして、廊下のむこうへ歩いていく。いつもなら、もう一度そっとふり返って、目を合わせてくれた。けれどその時は、洸はふり返らずに、離れていってしまった。

聞かれたんだ、今の。男子なんてみんな嫌い――田中くんだって、男の子なのに。

でも……大丈夫だよね？　田中くんは別だってわかるよね？　だって私たち、あんなに目を合わせてたし、一緒に雨やどりもしたし、田中くんは体そう着を貸してくれて、いたずら好きのちっちゃい男の子みたいに笑った。

『七時。三角公園の、時計のとこ』

大丈夫、田中くんはわかってる。私が、ほかの男子と田中くんは違うって思ってること。

きっとわかってくれてる。言わなくても。わざわざ言わなくても。

三日後に夏休みに入って、またその二日後が夏祭りだった。

七時。三角公園の、時計のとこ。

大丈夫、きっと大丈夫。お守りみたいに胸の中でくり返しながら、公園の中心にたつ時計台の下で待った。ノースリーブのワンピースの、むき出しの肩を生《なま》ぬるい夜風がなでていった。

十分が過ぎても、ちょっと遅れてくるんだ、と思った。三十分が過ぎても、何か用事があるのかもしれない、と思った。五十分が過ぎても、大丈夫、わかってくれてる、と自分に言い聞かせた。けれど一時間を過ぎた時、やっぱり、とついに思ってしまった。

やっぱり、誤解されたのかもしれない。嫌われたのかもしれない。

それとも、初めから別に、誘われてなんていなかったのかもしれない。

『七時。三角公園、時計のとこ』

あれは、約束なんかじゃなくて。私が勘違いしただけで。勝手に待ってただけで。

――でも、じゃあ、あれは何だったの？

これまでなら夏休みが過ぎていくのが惜《お》しかったのに、その夏は、早く夏休みが終わればいいと、それればかり思っていた。早く学校で洸と会いたかった。もし傷つけてしまったなら、ごめんと謝りたかった。そしてあの言葉が何だったのか確かめたかった。

本当に一度だって想像しなかったのだ。

もうあれきり、洸とは会えなくなるなんて。


「はっ⁉　田中って転校したの⁉」

新学期を迎えて、久しぶりに会った友達と廊下に集まって話をしていたら、そんな大声が聞こえてきた。声をあげたのは内藤で、そばには同じクラスの男子が集まっていた。

「夏休み中に引っ越し⁉　え、まじで⁉」

「俺らなんも聞いてねーよな！」

内藤たちを離れた場所からながめながら、いま自分が何を聞いたのか理解できなかった。話している内容はわかっていた。でもその本当の意味がどうしても頭にしみこまなかった。

「ねえ」と、となりにいた由美がセーラー服の袖を引っぱった。

「田中くんって、あの背の小さい人だよね」

そう。声が低くなくて、少し女の子みたいで。目尻がきゅっとしてるのがライオンの赤ちゃんみたいで、えり足がくるんとしてるのがかわいくて。

ドロケーをやった日、私が見つかりそうになった時に自分が囮《おとり》になってくれて。私は田中くんを助けられなかったのに、だいぶうれしかったよ、って言ってくれて。

通り雨にあって神社で雨やどりしたら、そこに田中くんもいて。緊張しちゃってうまくしゃべれなくて。そしたら田中くんが体そう着を貸してくれて、いたずらっ子みたいに笑って。夏祭りの日、七時、三角公園の時計のとこって顔を隠しながら田中くんは言って。私は結局二時間も待って。ひどいことを言った、誤解されたんだ、嫌われたのかもしれないって、そう思うと泣きそうになって。早く学校が始まればいい、田中くんに会いたいって、夏休みのあいだもそればっかりで、それで、今日やっと田中くんに会えるって。

――なんで？

田中くん、どうして？

洸の突然の転校は、新学期の初めのうちこそみんなに騒がれていたけれど、その話題もだんだんに忘れられていった。一つのことにいつまでもこだわるには、生きていくのは忙しすぎるから。勉強して、部活をして、ときどき友達と遊んで、笑っていても本当はいろいろなことに気を遣《つか》っていて――そんなふうに、中学生だって楽ではないから。

それでも、廊下で男子たちがギャハハと騒いでいるのを見かけるたびに、住宅街の三角公園を通りかかるたびに、あの忘れられない茶色の瞳を、えり足がくるんとはねたやわらかいくせ毛を思い出した。

九月の終わり、もう半袖の制服では肌寒《はだざむ》い秋の初めの頃だった。

友達と別れて放課後の通学路を歩いていると、ぽつ、と頬に水滴が当たった。あれ、と空を見上げると、みるみる突然の雨は勢いを増して、あわてて通りかかった神社に駆けこんだ。

「まただよ……」

神社の本殿の、濡れた瓦屋根《かわら》の下で、ひとり言を呟《つぶや》きながら制服の袖《そで》についた雨粒を払《はら》う。

そっと、少しだけ目を横に動かして、となりをうかがう。

けれどそこには誰の姿もなくて、いるわけないし、と小さく笑う。

『急に降ってきたよね』

『うん……』

次は。

うん、じゃなくて、もっとうまい言い返しをしよう。それで緊張《きんちょう》がほぐれて、話がつながっていくような。田中くんが笑ってくれるような。

『ははっ』

そう、またあんないたずらっ子の顔で笑ってくれるように、次は。

銀色の雨にけぶった風景が、さらに滲《にじ》んで見えなくなる。神社の瓦《かわら》屋根も、灰色の空も、赤い鳥居も、記憶のなかの彼の笑顔も、ぜんぶが一緒にとけて目からあふれ出した。

――――次って、いつ？

「今、会いたいのに……」

こんなに会いたいのに、もういない。なんで？　田中くん、どうして？

七時、三角公園の時計のとこ。あれ、何だったの？　私、ずっと待ってたよ。田中くんのこと待ってたよ。やっぱり私のこと嫌いになった？　だから何も教えてくれなかった？

今どこにいるの？　本当にもう会えないの？　ねえ、田中くん、私。

好きだったの。

何もいえなかったけど、私はずっと、田中くんが好きだった。


今でも雨のにおいをかぐと思い出す。

あやふやな、手さぐりみたいな恋だった。つぼみのまま風にちぎれる花みたいに、何もはじまらずに終わってしまった、初めての恋だった。

もしも願いが叶うなら、あの頃に戻りたい。

彼と一緒に雨やどりした、あの夏に。

2

中学生の頃は、高校というのがどんな場所なのか想像もつかなくて、外国なみの別世界に思えたものだったけど、入ってみればそうでもなかった。

でも
なにも
始《はじ》まらなかった
んだ
なんにも
田中《たなか》くん
田中《たなか》くんは 今《いま》
どんなカオ
してる?

確かにそれまでは『数学』とか『国語』というふうに大きく括《くく》られていた教科が『数学Aと数学I』だとか『現代文と古文と漢文』と細かく区切られるようになったのには最初とまどったけど、それも一週間すれば慣れた。

『中間テスト』『期末テスト』『実力テスト』『全国模試』と間を置かずに襲《おそ》ってくる試験攻撃も最初は「うわー」と思ったけど、気づけばそういうサイクルに慣れていた。

朝のラッシュがきつい電車通学も、生物室とか大講義室とか聞いたこともないような場所が満載の校舎も、昼休みに人だかりができる購買部も、二つある体育館も、みんな時間がたてばずっと前からこうだったみたいに体になじんだ。

そして高校一年も三学期になった今では、中学生だった頃のほうが、遠い昔のことのように思える。

「おはよー」

「あ、おはよー」

朝の通学路には紺《こん》色のブレザーを着た生徒があふれ返り、あちこちからあいさつの声が聞こえてくる。少し前を歩く女子の二人組が「寒いねー」「ねー」と腕をさするのにつられて、双《ふた》葉《ば》も毛糸のふさがついた白いマフラーに冷たくなった顎《あご》の先をうずめた。

先週にバレンタインデーが終わって二月下旬。まだ冷たい空気はカミソリみたいに薄くとがっていて、体中の筋肉がぎゅうっとこわばるほど寒い。

（コート着てくればよかったかなー……）

制服のブレザーの下にはＶネックのセーターも着こんでいるのだが、風が吹くたび首をすくめてしまう。出がけに迷った通り、コートを着てきたほうがよかったかもしれない。

鼻の中を濡《ぬ》れた感触がさがってくるのを感じて、双葉は手に息をふきかけるそぶりでさりげなく鼻を隠した。スン、と音をたてないように小さくすする。

そこで視線を感じて、はっとした。

そばを歩いていた男子生徒が、ちらちらとこちらをうかがっている。同級生ではない、二年生か三年生かは知らないが上級生で、このごろ通学電車でよく乗り合わせる顔だ。しかもこの男子生徒、なぜか双葉がいつも乗りこむのと同じドアから乗車してきて、すぐそばの吊《つ》り革《かわ》につかまったり、たまに目が合うとあわてたようにぱっと顔をそむけたりするのだ。

（こうじゃない）

双葉は鼻を隠していた手をおろした。

ズビビビッといきおいよく鼻水をすすると、例の上級生はぎょっとした表情になった。

さらにグシグシッと鼻をこすると上級生の目は魚のように大きくなり、仕上げに「はーっ」と大きく息を吐いてみると、上級生はよろめくように双葉から距離をとった。

今のはなかなかよくなかった？　とくに最後のオヤジくさいため息とか。会心の演技にニヤリとしながら校門をくぐった双葉は、けれど歩くうちにむなしくなって、睫毛《まつげ》をふせた。

こんなつまらないことに躍起《やっき》になっている自分を、バカみたい、と思う。

でも一日の三分の一はこの「学校」という厄介《やっかい》な場所で過ごさなくてはいけなくて、そこで何とかうまく生きていくためには、バカみたいなことだってしなければいけないのだ。

——双葉って男子の前で猫かぶってるよねー。

——うちらがかまわなくてもさ、男子が一緒にいてくれんじゃーん？

もう絶対に、あんな思いはしないように。


「双葉、おはよー」

暖房のきいた教室に入ると、こわばっていた筋肉がゆっくりとほぐれていく。机に学校指定の通学鞄《かばん》を下ろしたところで、チエが手をふりながら近づいてきた。

「おー、おはよーチエちゃん」

「これ、借りてた本。返すね、サンキュー」

「おーおー」

マフラーをほどきながら受けとった本は、そのまま口を開いた鞄につっこむ。横から鞄の中をのぞいたチエが「うわ……」と小声をもらした。

「あんたの鞄の中、相変わらずきたないな。女ならもっと気ぃ遣《つか》いなよ」

「アハハハハハ」

（気を遣ってこうしてるんだっての！）

マフラーをぐしゃぐしゃまるめて、これも鞄につっこむ。ペットボトルやら本やらポーチやらがぎゅうぎゅう詰《づ》めになっている、その隙間《すきま》にねじこむように。本当は、鞄の中はあまり物がなくてすっきりしているほうが好きだ。でもしょうがない、ここにいる「吉岡双葉《よしおか》」はこういう設定だから。

「何言ってんの、双葉はこういうとこがいいんじゃんねー」

「お、明日美《あすみ》。おはよ」

双葉の肩に手をおいて「おはよー」と笑う明日美は今日もフルメイク、ビューラーとマスカラでくっきり立ち上がった睫毛まで完璧だ。毎朝これだけセットするのに何分くらいかかるのかな、と化粧をしない双葉はいつも感心する。

「顔と逆で男らしいとこがおもしろいんだよ。……ああいうのと違って」

ああいうの、と明日美が流し目と一緒に動かした親指の先を、ちょうど一人の女子生徒が通りかかった。

少し重めのボブカットはふんわりと内巻きにカールして、小柄な体つきはなんとなくハムスターとかウサギとかの小動物を連想させる。今日はパステルカラーのチェックのコート。いつもかわいいコート着てるな、と双葉は彼女を目で追った。

「槙田《まきた》、おはよー」

「……おはよー……」

通りすがりの男子に声をかけられた槙田悠里《ゆうり》は、子猫の鳴き声みたいに小さくやわらかな声であいさつした。男子は「ヤベ、かわい」という感じに頰《ほお》をゆるめて、その様子を横目で見ていた明日美が「キモっ！」と吐き捨てた。

「見てよ！　あの上目づかい!!　槙田ってほんとブリッコだよね～！」

「なんで男ってああいうのが好きなんだろ」

「顔だってよく見たらたいしてかわいくもないのにさー」

「雰囲気《ふんいき》でしょ、雰囲気」

「……二人とも、すごい邪悪《じやあく》な顔になってまっせ」

明日美とチエがあまりに遠慮のない大声で言い合うので、双葉はとりなしてみたが、二人はますますヒートアップして「あのロリカットがまずキモいし！」「男好きオーラ全開だし」とまったく聞いていない。だめだ、これは。

双葉は首をねじって、悠里の姿を目で追った。

悠里は廊下側の席に通学鞄をおき、教科書類と筆記用具を机にしまうと、すぐに椅子《いす》を立って教室を出ていく。誰にも話しかけず、誰にも話しかけられずに。

このクラスで、悠里に近づく女子はいない。

いじめ、というほどのレベルじゃない。だけど、ハブられてる、とは言える。ブリッコだから。ウザいから。なんかムカつくから。いつの間にか女子全体の中にそういう空気ができて、一学期のだいぶ早い頃に、悠里はこのクラスでひとりになった。

でもこれだけ女子にうとまれて孤立しているのに、本人はあまりダメージを受けているように見えない。移動教室の時も悠里は一人で廊下を歩き、化学の班ごとの実験でも机のすみで黙っていて、休み時間と放課後は静かに教室を出ていく。悠里は、ひとりぼっちでも平気な性格なのかもしれない。

（心臓強いな……）

私は、ひとりでも平気だなんて思えない。

この学校という逃げられない小さな世界で、大勢の中のひとりぼっちになることがどれほど残酷《ざんこく》で恐ろしいか、自分で体験して知っているから。

女は、女に厳《きび》しい。一度敵とみなした者には、どこまでも執拗《しつよう》で容赦《ようしゃ》ない。

中学一年の頃はよかった。洸《こう》が突然いなくなってしまったこと以外は、楽しくて、少しだけ退屈で、やっぱり男子にはビクッとして、おだやかな毎日だった。

けれど二年生に進級してからすべてが変わった。

一体何がきっかけであなってしまったのか、いまだにわからない。ただ気がつく前にそれはじょじょに始まっていて、気がついた時にはもう取り返しがつかなくなっていた。

『双葉って男子の前で猫かぶってるよねー』

『ねー、ブリッコ。ムカつく』

二年生になると、仲のよかった由美《ゆみ》とはクラスが離れてしまって、それでも最初は新しいクラスメートとうまくやっているつもりだった。でも、なんだか、妙に男子の視線を感じるようになった。話しかけられることも多くなって、実際に何人かに呼び出されて告白されたりもして、とまどっているうちに周りの女子たちがよそよそしくなった。

『別に騒ぐほどかわいくもなくない？』

『男子ってさ、ああいうおとなしいっぽいのが好きだよねー、バカだから』

『きつそうじゃん、双葉。なのに男子にだけ色目使ってさー』

教室には見えない階級があって、性格の善《よ》し悪《あ》しとか何ができるとかいうことよりも、とにかく存在感のある人間が発言力を持つ。そんなことを言いはじめたのは、クラスの中でも目立つ女子のグループだった。まるで教室が彼女たちの声に染まってしまったように、あるいは言葉にされない命令に従うように、ほかの女子たちも双葉を無視するようになった。

わけがわからなかった。私、猫かぶってなんかない。ブリッコなんてしてない。色目って、何それ。私は男子が苦手だし、できれば近づきたくもないし、なんで……。

けれど、弁解しようにも聞いてくれる人は誰もいないのだ。遠巻きの冷ややかな視線が刺さる。内輪の話をよそおった、でもこちらの耳に届くことが計算された笑い声が言う。

『うちらがかまわなくてもさ、男子が一緒にいてくれんじゃーん？』

あんなにたくさんの人がいる教室で、誰にも頼ることができず、たったひとり自分の席でうつむいて息を殺しているあの時間。怖《こわ》くてさびしくて気が遠くなるほど一日が長かったあの頃の記憶は、きっと一生消えないだろう。

一年だけだ、と自分に言い聞かせて耐えた。三年生になれば、またクラス替えがある。そうしたら、これも終わる。

だけどダメだった。例のグループの女子がまた同じクラスになってしまい、結局中学を卒業するまで同じ一年がくり返されることになった。もう諦《あきら》めて、ただじっと息をひそめて過ごした。目立たないように、誰の関心もひかないように、ただ一つでも難癖《なんくせ》をつけられる余地がないように。

高校に入ったら、変わろう。

ぜんぶリセットして、次は失敗しない。もう絶対にこんな思いはしない。

自然にのばしているだけだった髪は、シャギーを入れて軽くした。「おとなしい」じゃなく、もっと明るく見えるように。でも女くささは徹底排除。化粧はなしで、笑う時は大口をあけて、座っている時も椅子《いす》のうえに平気で足を立てる。そう、がさつなくらいでいい。クラスと言わず、もう学校中の男子がドン引きするくらいにがさつで、間違っても猫をかぶってるとか色目を使ってるなんて女子に思われない「吉岡双葉」。それがこれからの私。

入学式の時に近くの席に座った明日美とチエと仲良くなり、さっそく新しい自分としてふるまった。「やだ、双葉っておもしろーい！」「顔に似合わず大ざっぱだなー」とウケたりあきれられたり、成果は上々。そう、これでいい。

学校では女子の不興《ふきょう》を買ったらそこで終わりだ。群れから追放されたあの中学の二年間に比べたら、自分を演じることくらい何でもない。

今度こそうまくやろう。もう絶対に、あんな思いをしないように。

*

昼休みの購買部は、毎日ものすごい混みぐあいだ。

菓子パンや調理パン、おにぎりや簡単な惣菜《そうざい》が大ぶりの木製ケースに陳列され、学年も男女も入り混じって生徒がそこから好きなものを選んでいく。カウンターの内側にはいつもパートのおばさんが二人いて、「これくださーい」「おばちゃん、こっちも！」とあっちこっちから声をかけてくる生徒に対応する様子はすごく忙しそうだ。双葉も菓子パンを半透明のビニール袋に入れてもらって代金を払うまで、ずいぶん順番を待たなければいけなかった。

「めっちゃ腹ペコ！　早く教室戻ろーっ」

購買部の人ごみを抜けて声をかけると、先に買い物をすませて待っていた明日美とチエは、双葉のビニール袋の中身を見て「うわ」という顔をした。

「今日もそんなに買ったの？」

「よく食うなー、いつも」

「アハハハ」

本当は、菓子パン三個なんて多すぎる。二つでも多いくらいだ。でも仕方ない、これも演出のうち。「がさつで大食らいの吉岡双葉」が今の私だから。

「田中《たなか》ー」

二人と教室へ戻ろうとするとそんな声が聞こえて、双葉は思わず足をとめた。

購買部の前の廊下で、男子生徒が数人「田中ー」と呼んでいる。でも話しかけられているのは制服を着た生徒ではなくて、トレーナーにジーンズとラフな服装の若い教師だ。

「こらー、ちゃんと『先生』ってつけろ」

「先生よー、今日の英語の課題、多くねー？　明日までってひどくね？」

「あれくらい多くねーよ。ちゃんとやって来いよー？」

（田中先生……）

田中陽一《よういち》。担当教科は英語。今のところ学校で一番若い先生。今日も変な服着てる、と双葉はちょっと笑った。

「先生、ラムネ食《く》う？」

「あ、食う。ちょうだい」

「わっ、出しすぎた！　ちょっと返して」

「もう食っちった」

「あー！　先生のくせにおとなげねー！」

田中先生のまわりに集まる男子たちは、なんだかアニキを慕《した》う弟分といった感じで、なつかれてるなぁと頬がゆるむ。……でもやっぱり、あのトレーナーはダサい。上半分と下半分の色が違って、肘《ひじ》のところにつぎはぎみたいなアップリケって、ダサすぎてかえって斬新《ざんしん》なくらいだ。先生、せっかく顔はかっこいいのに、なんで服の趣味はそんなに微妙なの。

「双葉ってさ、ふだん男子には全然興味なさそうなのに、田中先生には反応するよね」

肩に肘《ひじ》をのせてきた明日美が、にやっと笑った。

「もしかしてラブ？」

「えっ、まさか！」

「じゃーなんでよ」

なんで、ってそれは──こそばゆくて、双葉は意味もなく髪をさわった。

「……たぶん、初恋の人と苗字《みょうじ》が同じだからだと思う」

「えっ、双葉って恋したことあんだ⁉」

とたんに明日美は目を輝かせて、チエまで「まじで⁉」と身を乗り出すので、二人の食いつきっぷりに「ま……まあね……」とたじろいだ。

「どんな人だったの？　その初恋の人って！」

「どんな……って、背が小さくて、ひかえめな感じの人かな……？」

「顔はどんなんっ？　誰に似てる？」

「えー、顔はー……」

そっと視線を流すと、田中先生は男子生徒たちと一緒になって楽しそうに笑っていた。大人なのに、子どもみたいにいたずらっぽい笑顔。

（そうなんだよな、田中先生って……）

なんとなく容姿も洸に似ている、ような気がするのだ。

もちろん、違うところはたくさんある。田中先生は左頰にホクロがあるけど、洸にはなかったし、洸と違って田中先生は背が高いし、洸よりも面長《おもなが》だし――でも全体的な顔の造《つく》り、とくに目尻が切れた印象的な瞳だとか、ゆるいくせ毛、爽《さわ》やかな雰囲気は、似ている気がした。

（……ってのは、ただの思いこみかな）

きっと、そうなんだろう。苗字が同じ田中先生に、洸を重ねてしまっているだけなのだ。三年も前のことをまだ引きずって、ほんの小さな共通点をひろい集めては、何の関係もない人のなかにまで『田中くん』を見ようとしている。

田中くん、今思うとあの中一の夏が、私は一番楽しかった。

見かけるたびに田中くんをそっと目で追って、神社でドロケーをしたりして、それから目を合わせるようになって、神社で一緒に雨やどりもした。田中くんは特別な人だった。

今でも雨のにおいをかぐと思い出すの。すぐそばに田中くんがいて、何も演じることなく私は私のままだったあの通り雨の日。

あれからもう、三年もたっちゃったのにね。

いくら思い出したって田中くんはここにはいないし、きっともう会えないのにね。

3

「……なー、二組の吉岡《よしおか》って」

ささやくような声が聞こえて、双葉《ふたば》はわれに返った。

明日美《あすみ》とチエとならんで教室へ歩きながら、ぼんやりしてしまったようだ。さっきの声は、今すれ違った男子二人の片方のものらしい。後ろのほうで男子のひそひそ声がまた聞こえる。

「吉岡って、かわいくね？」

「あー……うん」

（ちょっ……やめて、変なこと言うなっっ）

さっと頬《ほお》の表面が寒くなった。中学卒業まで続いたあの息苦しい毎日がよみがえる。

双葉は腕にさげたビニール袋を急いでさぐった。あんぱんの袋をとり出すと、となりを歩くチエが「双葉?」と目をまるくする。かまわずに袋をやぶって、あんぱんにかぶりついた。

「ちょっと双葉、何してんのーっ?」

「歩き食い⁉」

「なんかもー、おなかすきすぎてっ!」

チマチマかじるんじゃ意味がない、もうバクバクとあんぱんにがっつきながらちらりと背後をうかがうと、男子二人組は「あー、あれはないわ……」という感じにドン引きの表情でさっさと廊下のむこうに歩いていった。……よかった、うまくいった。

「ねー、さっきの聞こえた?」

ぽん、と背中をかるく叩《たた》いたのはチエだ。チエは明日美ほど派手ではないけれど、つぶらな目がかわいらしい。

「双葉も、もう少し女として気をつければ絶対モテんのにー」

「はーっ⁉　そんなもんどうでもいいよ!」

やっぱりチエと明日美にもさっきのを聞かれていたのだ。あせって大声になった。

「私、男子苦手だし!」

「わー、不健全な発言」

不健全だって何だっていい。男子なんてただの元凶《げんきょう》でしかない。もう、本当に嫌なのだ。モテるとかモテないとか、そこから発生する女子の複雑なあれこれは。

「私は二人がいてくれれば、男なんてどうでもいっ――――」

誰かとぶつかって声がつまった。前方から歩いてきた背の高い男子生徒だ。

「あ」

かじりかけのあんぱんが手からすべり落ちた。

男子生徒が力みのない動作で片手を上げ、それを受けとめた。――ナイスキャッチ！

「すいません」

小さく頭をさげてあんぱんを受けとると、すれ違いざま、低い声がぼそりと言った。

「色気のねーパン」

頭の中で、何かがことりと開くような音がした。

今の人――――

どうしてそう思ったんだろう。だって、違う。低い声も、高い背も、全然違う。それなのにどうして、

「田中くん……？」

どうして、そう思うんだろう。

「双葉、大丈夫？　行くよー？」

チエの声がする。男子生徒は廊下のむこうに遠ざかり、階段を下りていく。すらりと広い背

中。田中くんは、背が低くてひょろっと細かった。全然違う。でも——胸が騒ぐ。

「……私、買い忘れたものがある。ごめん、先に戻ってて」

「え⁉　まだ何か買うのっ？」

明日美のびっくりした声を背に聞きながら、双葉は男子生徒を追って階段を駆けおりた。

あんなに違うのに、どうして私、田中くんだと思ったんだろう。ああ、ぶつかった時ちゃんと顔を見ればよかった。男子の顔なんてふだん見てないから。

男子生徒の歩き方は気だるげで、でも脚《あし》が長いから移動も速い。小走りで追いかけて、やっと男子生徒に追いついたのは、校舎の一階にある吹きさらしの渡り廊下でだった。

少し前を歩く男子生徒のうしろ姿。よく見たら少し長めにのばした黒髪はゆるいくせ毛で、くるんとしたえり足に鼓動《こどう》が速くなる。やっぱり、そうなの——？

「……た」

「あっ、マブチーっ！」

続きの言葉は急に響《ひび》いた声に消されてしまった。髪を淡い茶色に染めた男子が一人、双葉を追いこして例の男子生徒に駆けよっていく。マブチ？　……馬渕《まぶち》？

「なに、おめーも今から購買？　俺もー」

気だるそうに歩いていた男子生徒が、足をとめてふり返った。

猫科の動物のように目尻の切れた茶色の瞳《ひとみ》が、軒下《のきした》にさしこむ冬の日光を受けて一瞬輝き、どきりとした。

顔は似てる、ような気がする。くるんとしたえり足も。でも――『馬渕』？

友達と肩をならべて歩き出した『馬渕』が、ちらりと肩ごしにこちらを見て、目が合った。そして――笑った。かすかに、唇《くちびる》の端を持ち上げる程度に。

「馬渕さ、英語の課題やった？」「やー、まだ」などと話しながら、二人は渡り廊下のむこうに消えていった。

（人違いだった……）

苗字《みょうじ》が違うんだから、本当に別人なのだ。似てる、ような気がしたんだけど。それも思いこみなのかな。田中先生に田中くんを重ねちゃうのと同じなのかな。

そう――そうなんだろう。彼は三年前に突然転校してしまった。それが同じ高校に通っているなんて、そんなはずはない。

（声かけなくてよかった……）

この学校では上履《うわば》きに入っている線の色が学年によって違う。双葉たち一年生はその線が青色で、さっきの『馬渕』という男子生徒も同じ上履きをはいていた。ということは同学年だけれど、それでも馬渕くんとやらにうっかり「田中くん！」なんて声をかけてしまったら、すごく恥ずかしい思いをするところだった。

あぶなかった、と息をついたところで、やっと双葉は彼女に気がついた。

「あ」

吹きさらしの渡り廊下のむこう側は、中庭になっている。今は冬なのですっかり葉が落ちてしまっているけれど、春になると何本もの桜の木が薄紅色の花を咲かせてとてもきれいだ。そして中庭のあちこちには、生徒が休憩するための木製のテーブルが置かれているのだが。

そのテーブルで、クラスメートの槙田悠里《まきたゆうり》がお弁当を食べていた。

白いマフラーを巻いた悠里は、双葉よりも先にこちらに気づいていたようだ。……目、合っちゃった。このまま素通りするのも、なんかアレだし。上履きのままだったが、双葉は冬の冷気でぱさぱさに乾燥した芝生《しばふ》におりて、悠里が座るテーブルに近づいた。

「さっ、寒くないの？　教室で食べれば？」

思えば、悠里とまともに口をきくのはこれが初めてだ。ちょっと緊張して声がうわずってしまったけれど、悠里は、

「今日はあったかいから、ここでいいの。ありがと」

そう言って、にこっと笑った。全然嫌みのない、ひとなつっこい笑顔。もしもハムスターがヒマワリの種をもらってニパッと笑ったらこんな感じかな、と思う。

「吉岡さん、それお昼ごはん？　ずいぶんたくさんだね」

「ああ、うん。大食いだからさ、私」

「あっ、そのパンおいしいよね。私も好き」

双葉が腕にさげていたビニール袋の中をのぞきこんで、悠里はまた笑う。……この人。

（この人、普通にかわいいと思うけどなー）

つぶらな目はこぼれそうなくらい大きくて、顔の輪郭《りんかく》はふっくらとしているけれど、それがふんわりとやわらかい印象を与える。そしてそういう顔かたちのことだけでなく、いま悠里が見せた笑顔、話し方は、別に鼻につく感じもなくて素直にかわいいと思えた。

『顔だってよく見たらたいしてかわいくもないのにさー』

『雰囲気でしょ、雰囲気』

あんなしかめ面《つら》で言われるほど、ブリッコにもウザい子にも見えないのに。

――でも、みんなのあの感情の正体が何なのかも、わかる。

中学二年から卒業まで、ずっとあちこちから聞こえてきたささやき声。双葉って男子の前で猫かぶってるよね――あれと、明日美たちが悠里に持っている気持ちは同じなのだ。自分がやりたくてもできないことを、目の前で悠里がやるから「ムカつく」「ウザい」。

「そういえば吉岡さん、何か用事あったの？　急いで走ってきたみたいだけど」

小首をかしげる悠里に「あー……うん、ちょっと」と曖昧《あいまい》に答えながら、双葉は悠里を見つめた。やわらかく笑いかける口元と大きな目。

今朝に明日美とチエが大声で言っていた陰口《かげぐち》は、きっと悠里にも聞こえていただろう。でも今目の前にいる悠里は、やっぱり平気そうだ。しかも一人でお昼を食べているんだから本当にすごく、すごい。私も中二からずっと一人でお昼を食べてたけど、比喩《ひゆ》じゃなくて本当に味がしなくて、すごくみじめだったのに。ひとりでも平気なんて、ほんとすごい。

「……あ」

悠里の小さな弁当箱の横には携帯電話が置いてあり、そのストラップに双葉は目をとめた。ちょうど手のひらくらいの大きさの、うさぎのぬいぐるみ。手ざわりのいいタオル生地で作られていて、頭もおなかもぷくぷく、長く耳がたれたロップイヤーだ。『ラムネ』だ、と胸がときめいた。柔軟剤《じゅうなんざい》のコマーシャルに出てくるマスコットキャラクターで、実は双葉はこの『ラムネ』がすごく好きだった。

本当は、私もこういうかわいいストラップをつけたりしたい。今の「吉岡双葉」には似合わないから、無理だけど。

かわいいな、とふわふわのうさぎのおなかを触っていたら、明日美とチエが待っていることを思い出した。そろそろ行かないとまずい。

「じゃ、私さきに行くね」

「うん」

悠里に手をふって、早足で渡り廊下へ戻った。その途中で冷たい風が吹きつけて、双葉は思わず首をすくめた。

悠里は、ひとりでも平気なうえに寒さにも強いのかもしれない。こんなに寒いのに「今日はあったかい」なんて。

教室がある階の女子トイレの前を通りかかると「ぶっちゃけさー」と声が聞こえてきた。ためらいのない発声の仕方は明日美のもので、双葉は立ちどまった。

「双葉ってさ、あんくらい女子力低いから一緒にいられんだよねー、うちら」

「あ！　それはちょっとあるかもね」

「さっきもさ、男子が双葉のこと『かわいい』って言ってたじゃん。確かに双葉って顔はかわいいからさ、あれで女子力高かったら、ムカついちゃうかも」

笑い声にまじって、手を洗う水音が聞こえてくる。胸の奥が嫌な感じにどきどきした。階段を踏み外しそうになって、かろうじて踏みとどまった時みたいに。

ほら、やっぱり間違ってなかった。これでよかったんだ。こうやって自分を変えてなかったら、また中学の時と同じことになってたんだ。

「……あ、双葉！」

トイレから出てきた明日美とチエは、顔をこわばらせて、それからおずおずと訊《たず》ねた。

「も……もしかして、今の話、聞こえちゃった？」

この状況で「え、今の話って何？」ととぼけるのも不自然だ。だから笑うことにする。ニカッと、ずっと演じてきた「双葉」がいつもそうするように。

「あははっ、大丈夫！　私がそんな女らしくなんてありえないって！」

「だ、だよねーっ」

「双葉はそういうサバリバしてるとこがいいんだもんねー」

　顔では笑いながら、胸の奥にもやもやを感じた。変だ。サバサバした人間に見せようとしているのは自分なのに、それを理由にほっとされると引っかかるなんて。

「ちょっと、通れないからどいてくれない？」

　突然にかかった声は、ワイングラスを爪《つめ》ではじいた音色《ねいろ》のように澄んでいた。

　明日美とチエの後ろに立っているのは、髪の長い女子生徒だった。手足がすらりと長くて、色白の顔が小さい。顔だちはとても整っていて、それも甘さのない硬質な美しさだ。この人、と双葉は記憶をたどった。確か、となりの一組の――村尾《むらお》さん。村尾修子《しゅうこ》。

　明日美とチエがあわててドアの前からどくと、修子は機敏《きびん》な足どりでさっさと廊下のむこうへ歩いていく。彼女が声の届かないところまで離れてから、明日美がぼそっと言った。

「……一組の村尾って、なんか怖くね？」

「迫力あるよねー……」

　確かに修子には近寄りがたい雰囲気がある。実際、一組との合同体育の時や、休み時間に廊下で見かける修子は、いつも一人で行動していた。うまく周囲にとけこめないとかそういうことではなく、自分からはっきりと「ひとり」を選んでいるんだという、クールな表情で。

（あの人も、槙田さんと同じ一匹狼《おおかみ》タイプなんだな……）

ひとりが平気だなんて、わかり合える気がしない。

私は苦しいのを我慢して毎日菓子パンを三個食べなくちゃいけなくても、かわいいうさぎのストラップをつけられなくても、友達と一緒にいたい。

本当の自分でいることよりも、女子とうまくやっていくほうが数倍大事だ。ほんの些細《ささい》なミスで追放の決定は下ってしまう。そして群れから追い出されたら、誰にも頼ることができず、自分を世界で一番みじめな生きもののように感じながら、毎日をやり過ごしていかなければいけなくなる。

決めたんだ。もう絶対に失敗しない。あんな思いはもう二度としないって。

そんなことを考えてぼんやりしていた午後の授業中、ふと彼のことを思い出したのはなぜなのだろう。昼休みに会った、あの『偽《にせ》田中くん』。馬渕、って呼ばれてたけど、あんな人がいるなんて今まで知らなかった。同じ一年生なのに。

（そういえば、目が合った時、ニヤっとしてたな……）

『田中くん』とは全然違う、ちょっとずるそうな、でもどきっとしてしまう笑い方。

本当に、どうしてあの人を『田中くん』だと思ったんだろう。

彼とは何もかもが違うのに、どうしてあんなに、胸が騒いだんだろう。

放課後になり、双葉は学校の最寄りの駅から電車に乗りこんだ。明日美とチエは高校からほど近い区域に住んでいるから帰りは別々になる。

駅を三つ通りすぎ、四つ目が双葉の自宅から一番近い駅だ。駅から家までは、十五分くらい歩けば帰ることができる。自動改札機に定期券を通して駅舎の外へ出ると、冷蔵庫の内側に顔を入れたように冷たい空気が頰《ほお》をつつんで、吐き出す息が白いもやになった。双葉は首に巻いた白いマフラーを顎《あご》が隠れるまで引き上げた。

駅舎を出たところまでは周りに大勢いた乗客たちも、それぞれの方角へ散っていき、だんだんに周囲から人の気配がなくなる。自宅のある住宅街へ続く道を曲がった双葉は、数メートル離れた前方に同じ高校の制服を着た男子生徒を見つけて、

「あっ」

と思わず声をあげてしまった。

背の高いうしろ姿。くるんとはねたえり足。昼に会ったあの『偽田中くん』だった。

声が耳に届いたのか、例の男子が足をとめた。やばっ、ふり向いちゃった！　あわてて双葉は彼に手をひらをむけた。

「別につけて来たわけじゃないですから！　ここ、私の地元ですからっ！」

例の男子は熱のない目つきでこちらをながめるだけだ。……そうですよね、誰もそんなこと言ってませんよね。どうしよう、恥ずかしい。

男子は興味もなさそうに双葉に背中をむけて、また歩き出した。双葉もそちらの道へ行くか

ら、後ろをついていくことになる。なんか、尾行してるみたい。いや、でも、本当に私の家もこっち方面で……。

何かが頭にひっかかった。気だるそうに歩く彼の背中を見つめて、あ、と気づいた。

この街にある中学はすべて公立で、住んでいる地域によって学区が決められる。彼もこのへんに住んでいるのなら、双葉と同じ中学に通っていたはずだ。しかも同じ学年に。

背も声も違う。でも、印象的なあの茶色の目、くるんとしたえり足。やっぱりこの人――

急に男子が足をとめた。足をとめたその場所を見て、双葉はうすく唇《くちびる》をひらいた。

少し色の褪《あ》せた赤い鳥居《とりい》。

通り雨の夏の日、洸《こう》と雨やどりした、あの神社。

彼は意味ありげにちらりと双葉を顧《かえり》みてから、赤い鳥居をくぐった。よく知った場所を歩く足どりで、境内《けいだい》を進んでいく。とっさに双葉もあとを追った。鼓動《こどう》が速くなる。やっぱり、やっぱりこの人――

追いつくと、男子生徒は本殿の軒下《のきした》にしゃがみこんでいた。

一緒に雨やどりしたあの日、彼が立っていたのと同じ場所に。

「……た」

声が震える。胸がどきどきする。やっぱり、そうなの……?

「田中くん?」

ゆっくりと、深い茶色の目がこちらを向いた。

ふた呼吸するほどの間が空いて、少しハスキーな低い声が言った。

「俺、馬渕だけど」

頭の中が白くなった。数秒かけて言われたことを理解し、顔が熱くなる。

「あ……」

やっちゃった。恥ずかしい。顔をうつむけて、急いできびすを返す。

「ごめんなさい、間違えました！」

そうだよ、『馬渕』だってわかってたじゃん。田中くんなわけないじゃん。こんなところまで追いかけてきちゃってバカみたい。絶対に変な人だと思われた、ああもうほんとに、

「急に降ってきたよね」

足がとまった。

見上げた空は、西の方角から天頂までが、青からオレンジへの繊細《せんさい》なグラデーションに染まっていた。沈もうとする太陽が、ちょうど赤い鳥居のあいだから見えた。

『急に降ってきたよね』

この場所で、まだ声変わりのしない澄んだ声で、彼は言った。銀色の糸のように降っていた雨。埃《ほこり》っぽくて甘いあのにおい。耳が赤くなった彼の横顔。

あの日から今までの三年間が一瞬でつながって、はじかれたようにふり返ると、目が合った

彼はうすく笑った。それが答えだった。

「やっぱり、田中くんじゃん！」

「もう『田中くん』じゃないけど。今は、馬渕洸だよ」

うち、親が離婚したからさー。名前変わったんだ、俺。

そう言う声は低いハスキーボイスで、女の子みたいに澄んでいた中学生の頃の声とは全然違う。髪だってあの頃はおでこが見えるくらい短かったのに、今は目にかかる程度にのばして、ワックスで整えられている。名前さえ、あの頃とは変わっていた。

だけど、田中くんなんだ。

いま目の前にいるこの人は、私が初めて好きになった男の子なんだ。

田中くん、と呼ぼうとした。話したいことが、聞きたいことがたくさんあった。けれど、

「つーかさ」

と笑いを含んだ声に先をこされて双葉は口を閉じた。洸は頭をかたむけるようにしてこちらを向き、唇の端を引き上げる。にっこりというよりは――皮肉《ひにく》るように。

「おまえ今まで全然俺に気づかなかったなー。いつ気づくかと思ってたけど、今日までまったくだもんよ。まじウケるし」

田中くんって、こんなノリでしたっけ……？　もっとこう、爽《さわ》やかな照れ屋さんじゃありませんでしたっけ……？　とまどう双葉をよそに「まあ」と洸は続ける。

「俺はすぐわかったけどね、おまえはそんなんなっちゃっても。もっとおとなしい感じだったのに、変わったなー」

そんなん、って！

「だ……だったら声かけてくれればよかったじゃん！　だいたい変わったのは田中くんも同じじゃん！」

「だから田中じゃねーよ。馬渕っつってんじゃん」

静かだけど鋭《するど》い声に息をのむ。一瞬で冷ややかになった彼の視線を、怖いと思った。――この人、本当に田中くん？　私も人のことは言えないけど、あの頃と違いすぎる。

「ま、とりあえず、再会のハグでもしとく？　来いよ」

立ち上がった洸が、どきっとするような笑みを浮かべながら、軽く手を広げた。……ハグ？　え、ハグって⁉　顔が熱くなり、双葉は鞄を抱きしめてあとずさった。

「しないし！　そんなのしないし‼　来いよじゃないしッ！」

「そうだよなー。おまえ男嫌いだもんなー、昔っから。今もみたいだけど」

小さく噴《ふ》き出した洸を、あ、と見つめた。――覚えてたんだ、もう三年も前のことなのに。

『男子なんてみんな嫌いッ！』

「うん、嫌い、昔から」

乱暴で、うるさくて、デリカシーがなくて、そばを通るといつもびくっとした。

「だけど——田中くんだけは違った」

声が震える、あの頃のように。ドロケーの狭《せま》い牢屋《ろうや》のなかに一緒にしゃがんでいた時、この神社で雨やどりをした時のように、心が震える。

私は、田中くん、会いたかった。会って、ずっとこれが言いたかった。

田中くんが好きだった。

洸は少し目をみはっていた。思いもかけないことを聞いたように。やがて「……なんだ、そっか……」とかすかな声で呟《つぶや》く。

「——うん、俺もだよ」

洸は前髪をさわるそぶりで目もとを隠した。七時、三角公園の時計のとこ。そう言ったあの日と同じように。

「俺、おまえのこと好きだった」

嫌われたと思っていた。もう二度と会えないと思っていた。

でもまた会えた。そうだったらいいと願っていた言葉を、いま彼から聞いた。

戻れるの？

一番楽しかったあの頃に、ずっと戻りたかったあの頃に、今度は二人で——

「もう戻れないけどね」

見かけた夢をきり裂《さ》くハスキーボイスは、まるで薄いカミソリのようだった。

あの頃と何も変わらない茶色の瞳が、あの頃とはまったく違う皮肉な笑みを浮かべる。

「あの頃とは違うからな、俺も、おまえも。それくらい昔の話ってことだ」

目の奥が一瞬熱くなって、頬に涙がこぼれた。……忘れろって言ってるんだ、これ。

「泣くなよ、うざいから。バーカ」

頭にチョップを落として、洸はさっさときびすを返す。双葉はその場に立ちつくした。

耳の奥に残る、泣くなよ、という洸の声。冷たいことを言いながら、さびしげに聞こえた。

田中先生が洸に似て見えたみたいに、それも、ただの願望だったのかもしれないけど。


それから数日、洸のことが頭から離れなかった。気がつけば洸のことを考えていた。

でも、それを表に出してはいけない。終わった初恋にいつまでも悩むなんて今の吉岡双葉のキャラじゃないから。いつも通りに教室では大口をあけて笑い、鞄の中も机の中もぐちゃぐちゃにして、お昼には総菜パンを何個も食べた。

その日の昼も、双葉は明日美やチエと一緒に購買部にむかった。売店の前には大勢の生徒が集まり、カウンターの内ではパートのおばさんたちが忙しく行き来している。明日美とチエが自販機でジュースを買っているあいだ、今日のパンを選んでいると、頭の上から声が降った。

「うーわ、すげー量」

そうでしょ？　昼にパンを四つも食べる女子ってひくでしょ？　ニヤリとしながらとなりを

見上げると、そこにいたのが洸だったのでぎょっとした。

「い、いいでしょ、そんなのっ！」

とあわてて顔をそむけたものの……言いたい。女子力をさげるために大食いしてるんだけなんだって、すごく言いたい。でもそういう考え、あさましい！

「すいません、これくださいっ」

「あ、はーい！」

恥ずかしいので早く会計をすまそうと声をかけると、髪を一つに結った購買のおばさんは、早口で言った。

「ごめん、ちょっと待っててね。袋、今きれちゃってて。新しいの箱から出すからね」

「あ、じゃあ袋はいいです。このままで」

「あ、そう？　ごめんね、四百三十円」

パンを腕に抱えたまま財布から小銭を出して、おばさんに渡す。おばさんは「はい、確かに」と小銭の金額を確認し、また別の生徒のところに「はーい、はいはい」と駆けよっていった。

明日美とチエはもうジュースを買っただろうか。二人の姿を捜してカウンターから離れようとしたその時、

「ちょっと待ちなさい」

と腕をつかまれた。「はい？」とふり返ってみると、さっきのおばさんとは別の、ちょっと太ったパートのおばさんが、カウンターから身を乗りだしていた。

「あなた、そのパン、お金まだなんじゃないの？」

「え……もう払いましたけど」

「うそ言わないの、だってそれ、袋に入ってないじゃないの」

「あ、それは」

「最近多いのよ、こういうの！　ダメよ⁉」

説明しようとしたのをさえぎって、太ったおばさんは眉《まゆ》をつり上げる。聞いてよ、私の話！

弱っていると「双葉？　どしたの？」と明日美とチエが近づいてきた。

腕をつかむおばさんと、腕をつかまれた双葉を見比べると、明日美はあせった顔になった。

「ちょっと双葉、何してんの。それはまずいよ、お金払わないとかやめてよー」

「えっ、ちょ……そんなことするわけないじゃん！」

「今払えば、先生には言わないでてあげるから」

明日美と腕を放さないおばさんの両側から言われ、チエも「うわ……」という顔をしているのを見て、喉《のど》がぎゅうっとした。なんで？　違うよ、私はちゃんと――

「そいつ、ちゃんと払ったよ」

え？　と太ったおばさんの手が少しだけゆるんだ。

「あっちのおばちゃんに聞いてみな」

どこから聞いていたんだろう。近づいてきた洸は顎《あご》をしゃくって、カウンターの内側にいるもう一人のおばさんを示す。太ったおばさんは疑わしそうな顔をして、忙しく動き回っている髪を一つに結ったおばさんに「ねえ」と声をかけた。

「ねえ、この子ってお金払ったの？」

「えー？　ああ、ちゃんとお金もらってるよー」

「ええ？　なによもう、そうなのー？」

太ったおばさんはぱっと双葉の腕を放して、その手をひらひらと追い払うようにふった。

「なんだ。じゃーもう行っていいわ」

（なっ――――）

なにそれ、と声も出なかった。

言ってやりたいことがあるのに、あまりに腹が立ちすぎて、息がつまって、そのあいだにもおばさんはさっさと作業に戻ろうとする。そこに「おい」と低い声がかかった。

「それ、ちげーだろ。まず謝れ、ババア」

鋭くおばさんがふり返り「ババア……!?」とふくよかな顔をこわばらせた。

「そっちが間違えたんだろ。謝れ」

洸の声はきつくも強くもない。それでもおばさんは、ひるんだように黙りこんで、

「……ごめんなさ〜い」

とふてくされたように視線をそらしながら言った。

「……あ、はい、もういいです。……はい」

双葉がうなずくと、洸はさっさと購買部を出ていく。双葉も「ちょっと待って！」とあとを追いかけた。「双葉っ？」と明日美の声が聞こえたが、かまわずに洸の背中を追って走った。

「田中くん、待って!!」

声をはりあげると、ようやく洸は、眉間《みけん》をしかめながらふり返ってくれた。

「何だよ」

「あ……ありがとう。助かったよ、お金払うとこ見ててくれて」

「別に。あれはどう考えてもあいつがおかしいじゃん」

「うん、最初はすごい腹が立った。頭ごなしで。でも——田中くんが怒ってくれたから、気がすんじゃった」

おばさんだけでなく、明日美やチエにも疑われたことは恥ずかしかったし、傷ついた。でも洸が助けてくれた。「謝れ」と言ってくれた。なんだかそれで、もういいやと思えたのだ。

「あんなので気がすむなんて、おまえ安いな」

安い？　眉《まゆ》をよせる双葉を、洸は冷めた目で見下ろした。

「そんなんだから友達との関係も安いんだ。あんなの、ただの友達ごっこじゃん」

でも田中《たなか》くんが怒《おこ》ってくれたから
気《き》が済《す》んじゃった
……………
あんなので気《き》が済《す》むなんて
おまえ安《やす》いな

くだらない。言い捨てて、洸は背中をむけた。

明日美とチエと友達になったのは、入学式で近くの席に座ったのがきっかけだった。確かに明日美は言うことがきついと思うことがあるし、あまり自分の考えを言わず明日美に合わせるだけのチエにもイラ立たしくなることがある。でも双葉だって演技の自分しか見せていないのだからお互い様で、不満も言いたいことも飲みこんで波風たてずに付き合ってきた。

さっきパンを盗もうとしたと疑われた時も、明日美とチエは信じてくれなかった。確かに自分たちの関係はその程度なのかもしれない。安いのかもしれない。だけど。

「田中くんから見たらくだらないかもしれないけど、それでも私には必要なんだよ」

気が合うとか信じあえるとか、そんな贅沢《ぜいたく》を言う前に、一緒にいられる友達を作らなければいけなかった。二人に嫌われないように自分を作ってきた。もうひとりにならないように。必死だったし、今だって必死だ。笑っていても、本当はいつだって、怖くて必死なのだ。

「は？　知らねーよ。別にいいんじゃね？　俺、関係ねーし」

ふり向いた洸は冷笑した。三年前の洸だったら絶対にしなかった表情。

混乱する。助けてくれたかと思えば、冷たく突き放して、三年前のあの洸と、同じ人間であるはずの目の前の洸がどうしてもつながらない。この人は、本当に田中くんなの？

「それから。俺、馬渕だから」

切り捨てるように言ってから、彼は、今度は静かな声で続けた。

「もう、田中洸はいないよ」

きびすを返した洸の姿は、やがて廊下に集まる生徒たちにまぎれて見えなくなった。

今でも雨のにおいをかぐと思い出す。彼とすごした三年前の夏の日を。

三年のあいだに、田中くんがいなくなって、女子に嫌われてひとりになって、もうこんな思いをしないようにって高校では別の自分を演じるようになった。もう今の私は、あの頃の私とは違う。

そして、三年のあいだに田中くんも変わったんだ。もうあの頃の田中くんはいない。

もしも願いが叶うなら、一番楽しかったあの頃に戻りたいと思っていた。

でも、もう、それはできないんだ。

第2章

1

「あれ、双葉《ふたば》、今日もお弁当なんだ」

机をくっつけて座ると、サンドイッチの包装紙を開けながらチエが眉《まゆ》を上げた。「うん」と答えて双葉は弁当のふたを開けた。お母さんの手作り弁当、今日のメニューは卵焼きとエビフライとコロッケ。彩《いろど》りにミニトマトだ。

「まだちょっと購買で買いづらくってさー」

「あーあのおばちゃん？　もう顔なんか忘れてんじゃん？」

購買部でパンを持ち逃げしようとしたと誤解されたのは先週のことだ。あのおばさんを見たらまたあの息苦しい気分を思い出しそうだし、一昨日《おととい》から三月に入って、もうしばらくすれば春休みになるので、三学期の間はお弁当でもいいかなと思っている。

紙パック入りのジュースを飲んでいた明日美《あすみ》が「あっ」と思い出したように声をあげた。

「そういえば、あの時双葉を助けてくれた人ってさ、特進クラスの人らしいよ」

特進⁉　エビフライをかじろうとしていた双葉は、口をあけたまま止まった。

特進クラスは、国立大学や難関私立大学の現役合格を目標にしているクラスだ。各学年にひとクラスずつ設《もう》けられていて、成績優秀者でなければ入れないし、選抜を通ったとしても成績を維持《いじ》できなければ特進クラスからは外されてしまうらしい。

特進クラスは一年生の一般クラスとは違う階にある。そうか、それで今まで田中《たなか》くんに気づかなかったんだ。……いや、今は馬渕《まぶち》くんだっけ。

（きっと勉強のしすぎでやさしさとか忘れちゃったんだ……）

あんなにやさしかったのに、三年ぶりに再会した初恋の人は、皮肉な目つきのイジワル男になっていた。超ショック！　とやけ食いぎみにご飯をかっこむと「ちょっとー、もっと噛《か》んで食べなよ」とあきれたように明日美が言い、それから笑った。

「けどさ、あの時あの人が見ててくれてよかったねー」

「笑いごっちゃないよ！　明日美たちも初め私のこと疑ったよね……」

「ごめーん。だってあの状況見たらさあ、ねえ？」

笑って流されてしまったことにちょっともやもやして、「友達ごっこ」と洸《こう》に言われたことを思い出す。いや、違う！「ごっこ」なんかじゃない、余計なお世話！　と脳内の洸に言い返していると、今度はチエが「ねえ」と話しかけてきた。

「双葉とあの人って知り合い？　なんとなくそんな感じしたけど」

「あー……中学が一緒で。でもすぐに転校してっちゃったけどね」

「へー、そうなんだ」

「んー」

一瞬沈黙がおりて、チエは「あ、明日美、この間の合コンどうだった？」と今度は明日美に話をふる。双葉は卵焼きを箸《はし》の先で意味もなくつついた。

（あの人が私の初恋の人だって言いそびれた……）

いや、言いそびれたというより——あえて言わなかったのかもしれない。言いたく、なかったのかもしれない。本当に大切な、宝石みたいな思い出を、この二人には。

「槙田《まきた》ー」

と男子の声が聞こえて、双葉はそちらをふり返った。

ドアのそばで、お弁当を持った悠里《ゆうり》に、男子の二人組が話しかけていた。

「今日も教室で食わねーの？　いつもどこで食ってんの？」

「外で……ほかのクラスの友達と」

上目遣《うわめづか》いになりながら、細くてやわらかな声で悠里は答えた。「え」と男子は驚いたようだ。

「寒くねーの？」

「大丈夫～、ピクニックみたいで楽しいよー」

はにかんだ笑顔で悠里は教室を出ていき、入れ違いに男子二人は教室の中へ入ってきた。

「やーべ、槙田かわいいわ」

「なんか癒《いや》されるんだよなー。見た？　あのちっせー弁当箱」

双葉たちの机のそばを通っていく二人は顔がゆるんでいる。男子たちが完全に離れていってから「さむ……っ」と明日美が腕をさすった。

「だめだ……槙田悠里。絶っ対うちと合わねーわ。イラっとする」

「なんで男ってブリッコが見抜けないんだろ……ピクニックってさ」

「女に夢見すぎなんだよ。ほんとバカ」

明日美とチエは、悠里のこととなるとものすごい拒否反応だ。双葉も確かに「あー、ちょっと、ピクニックはなあ……」とは思うが、この前たまたま悠里と話した時に悪い子ではないとわかったせいか、それほど気にならないけれど。

教室のドアが開いた。顔を出したのは、担任の先生だった。

「おーい、日直。このあいだ集めたノート返すから、昼休み中に職員室にとりに来てなー」

え、と双葉は箸を置いた。今日の日直って。

「うーわ、私じゃん。だるー」

クラス全員分のノートだとかなりの量だ。一緒に行ってくれないかな、と二人を見るが、

「あらら、がんばー双葉」

と明日美は菓子パンをかじりながら言い、

「ごめんねー、うちら食べるの遅くてー」

とチエは申し訳なさそうに笑った。そういえば今までにも、二人はこういう場面で手伝ってくれることがあまりなかった。友達ごっこ。また思い出してしまった洸の言葉をふり払って、双葉は教室を出た。

別棟の一階にある職員室へ行くには、吹きさらしの渡り廊下を通っていくのが近道だ。今日は風が強くて、渡り廊下に出たとたんに頬や目もとに髪がはりついた。三月だというのに空気はすごく冷たい。双葉は腕組みしながら背中をまるめて歩いた。

急に、ぺたっと顔の横に何かがはりついてびっくりした。とってみると、水玉模様のナプキン。あれ、これってどこかで……、と思い出していると、

「あっ、ごめん！」

渡り廊下に面した中庭で、木製のテーブルから悠里が立ち上がった。

そうだ、これは悠里のお弁当をつつんでいた布。さっき教室で見かけたのだ。風にあおられる髪を押さえながら、双葉は上履きのまま中庭におりた。「はい」と水玉模様のナプキンを渡すと「ありがとー」と悠里は笑った。

「こんな風がある日くらい、中で食べればいいのに」

「でも、日が出ててあったかくて、気持ちいいから」

「うっそ！　今日ってすごい寒いじゃん！」

確かに三月になって気温自体は上がったが、今日はこの強風のせいで体がすくむくらいの寒さだ。双葉の勢いに驚いたのだろうか、悠里はつぶらな目をまんまるくして、それからなぜかうれしそうに笑った。やっぱり嫌みのない、心がなごむような笑顔だった。

「あ、そうだ。吉岡さん、これあげる」

悠里がスカートのポケットからとり出したものを見て、双葉は目をまるくした。

それは、あのぷくぷくしたロップイヤーうさぎ、『ラムネ』のストラップだった。悠里が携帯電話につけていたものとは色違いで、体の色が白い。

「このあいだ、私のストラップいじってたから好きなのかと思って」

「え……でも」

「これ、柔軟剤のおまけだったんだ。二個あるから、こっちあげる」

今の自分のキャラじゃないから言えないけど、テレビのコマーシャルに出てくる、洗いたてのバスタオルみたいにふわふわしたこのうさぎが好きだった。正直に言うと——うれしくて、「はい」とさし出されたストラップに、双葉は手をのばした。

「あ……ありがと」

受けとる時、指先が悠里の手にふれて、あ、と思った。

(手、すごい冷えてんじゃん……)

この強風、やっぱり悠里だって寒いのだ。それを我慢してわざわざ外で食べることもないのに、と思ったところでまた気づく。あれ、そういえば今日は「ほかのクラスの友達と食べる」って言ってたような。

「今日も、このあいだも、話しかけてくれてありがとう」

え、と首をかしげると、悠里は目が合うのが恥ずかしそうに睫毛《まつげ》をふせた。

「私、みんなにウザがられてんのに」

「……いや、そんなことは……」

「自分でも、ブリッコなのはわかってるんだけど……男の子の前だと、緊張して自分作っちゃう。自意識過剰だから」

弱く苦笑した悠里は、でも、と続けた。

「でも、男の子にかわいいって思われたいっていうのが、不自然な気持ちとは思えない」

(んー……私はそれはないわー)

むしろがさつな女と思われて遠ざけられたいのだが、悠里は違うようだ。

「みんながオシャレしたり、お化粧したりするのだって、人によく見せたいってことなのに、それと私のブリッコってどう違うのかな?」

「……えーと、よく思われたいってベクトルのむいてる方向が男子だけ、ってのがなんかアレなんじゃ……」

あれ、でも私のよく思われたいベクトルがむいてるのも女子だけ……? あれ!? 私も同じなんじゃ⁉　気づいてしまった事実に衝撃《しょうげき》を受けていると「うん」と悠里がうなずいた。

「人それぞれの価値観の違いだもんね。だからみんなが私をウザいと思う気持ちも、否定するつもりはないけど」

長い睫毛が持ち上がり、悠里の目がこちらを見つめた。やわらかく、でもまっすぐに。

「そのかわり私も、自分の好きな自分でいたいんだ」

なんだか新鮮な気持ちらで、双葉は悠里を見つめた。悠里が、こんなにはっきりと自分の考えをしゃべる人だとは思わなくて。

(自分ってのをちゃんと持ってんだなー)

自分が嫌われていることを、嫌っている人たちの気持ちを、認めるのは難しいことだ。それでも自分の好きな自分でいたいからと、そこへ立ち向かっていくのも。ふわふわした見た目よりも、きっと、ずっと悠里はしっかりしているのだ。

悠里が寒そうに手をこすり合わせた。指先がかじかんで赤くなっている。双葉はブレザーのポケットをさぐった。ずっとポケットに入れていたから、まだ温かいはずだ。

「これ、あげる。カイロ」

カイロをテーブルに置くと、悠里は「え？」と目をまるくした。

「うさストラップのお礼、にしてはショボいけど、使って。これサンキューね」

『ラムネ』のストラップをポケットに入れ、悠里に手をふりつつ渡り廊下へ戻る。職員室へむかいながら、悠里の言葉を思い出した。話しかけてくれてありがとう、と悠里は言った。今まで悠里は、ひとりぼっちでも平気な性格なのだと思っていた。でもそうではなかったのかもしれない。もしそうなら、きっとあんなことは言わないから。

職員室前の廊下に到着した双葉は、ふしぎな取り合わせの二人を見つけ、目をまるくした。

「こーら、ちゃんと聞いてんのかー？」

「聞いてるって」

「おまえ、期末テストで挽回《ばんかい》しないとまずいって言ったろ？　どうすんだ、あの点数」

腰に手を当ててお説教しているのは田中《たなか》先生、うるさげに答えているのは洸だった。どうして田中先生が洸に注意しているのだろう。田中先生は英語教師だけど一年生の授業は受け持っていないし、そもそも担任でもない限り、生徒に個別で成績の指導なんてしないものだ。それに洸の態度も、なんだか教師に対するには砕《くだ》けすぎているような気がする。

田中先生も洸も気になって、職員室へ入らずにちらちら見ていると、洸と目が合った。

「何見てんの？」

「見てないしっ！」

冷ややかな目つきにぎくりとし、急いで職員室に入る。担任の先生の席へ行くと「吉岡《よしおか》、職員室には静かに入ってきなさいね」と注意された。

クラス三十人分のノートは、抱えるとずっしり重い。職員室を出ようとして失敗に気がついた。両手がふさがっていてドアが開けられない。開けっ放しにしておけばよかったのに。

(ま、がさつ女子といえば……足!)

行儀《ぎょうぎ》が悪いけどそれが今の自分だ。よっ、とドアの隙間に上履きのつま先を引っかけて、勢いよくドアを開くとその真正面に洸がいたものだから、双葉はぎょっと硬直した。

ドアにかけたままの足と、大量のノートをながめた洸は、うすく笑った。

「一人で大変そうだね。名ばかりのお友達はそういうの手伝ってくれねんだ?」

「……大変そうに見えるなら手伝ってくれる?」

「やだよ、俺、上の階に行かねーもん」

「洸っ!」

洸のそばにいた田中先生が、咎《とが》めるように眉《まゆ》をよせる。洸は「うるさ……」と呟《つぶや》くと、

「ほんじゃ」

とだけ言って、さっさと歩いていってしまった。本当に手伝ってくれないんだ、なんて子!

昔はあんなにやさしかったのに!

「……ったく。ごめんなー、あいつ」

田中先生が髪をさわりながらため息をついた。……なんで田中先生が謝るんだろう?

「手伝うよ、何組?」

「あ、二組です」

「外寒いから、中の階段から行こうか」

「はい、ありがとうございます」

田中先生がノートを半分持ってくれたおかげで、運ぶのはだいぶ楽になる。双葉とならんで階段をのぼる田中先生の髪には寝ぐせがついていた。そして今日も服がダサい。サングラスをかけた猫のトレーナーってそれどうよ……、と思っていると、田中先生がこちらを見た。

「洸とは友達なの？」

「あー……同じ中学で。って言ってても少しの間でしたけど」

「あ、そうなんだ！　そうかそうか」

なぜだか田中先生はうれしそうだ。そのうれしそうな表情のまま言った。

「あいつ、あんなだけど仲良くしてやってな」

「無茶言うなっ！」

切り返しの勢いに驚いたのか、田中先生はちょっと目をまるくして、破顔した。

「ははっ」

あ――

いたずらっ子みたいな、まぶしい笑顔。見入ってしまうほどそっくりだった。神社で一緒に雨やどりした日の、洸の笑顔に。

「ここまでで平気？　俺、この上の階に行くから」

「あ、はい、ありがとうございました」

双葉が抱えるノートにもう半分をそっとのせて、田中先生は爽《さわ》やかに笑いながら階段をのぼっていく。いい先生だなあ、と思った。服の趣味はアレだけど、寝ぐせもついてるけど。

「あ。おかえり双葉ー」

教室に戻ると、チエは雑誌をながめ、明日美は鏡を見ながらマスカラを塗り直していた。名ばかりのお友達は——洸の笑いを含んだ声が、まだ耳の奥に残っている。それをふり払って双葉は「何見てるのー？」とチエがながめている雑誌をのぞいた。

「双葉はどっちがいいと思う？　こっちがいいよねー？」

「いや、絶対こっち！　ね、双葉？」

ノートを運ぶ時に手伝ってくれなくても、疑いをかけられた時に信じてもらえなくても、何か——何か違うという気がしても、ひとりになるよりは、ずっといい。むなしくなんかない。

（……むなしくないって、そんなこと自体考えたの、私初めてかも）

まるで洸に心のふたを開けられてしまったみたいに、これまでは考えなかったことを、今はあれこれ考えてしまっている。——いや、違う。好きだった人に、昔の自分を知っている人に言われたから、気にしてしまうだけだ。本当に、むなしくなんてないし。

「ん？　双葉、ポケットに何入れてんの？」

明日美に指をさされて、双葉は「あ、これ?」とブレザーのポケットに手を入れた。ぷくぷくした白うさぎのストラップを、手のひらにのせて見せる。

「槙田さんにもらった」

「えー、やっだ! なにあんなのと絡《から》んでんのー!?」

「お昼、一人で食べてたよ」

「あ、なに、友達と食べてんじゃないんだ! うそかよ、ウケるっ。まーあいつって、ひとりでも平気なタイプじゃん?」

——話しかけてくれてありがとう。

あの本当に感謝しているような笑顔がよみがえる。お礼を言うのもおかしいような、何でもないことなのに、悠里は言った。ありがとう、と。

「あれだけ嫌われてんのにブリッコやめないし、神経ずぶといんだよ」

「ハハハハっ」

「——本当に、そうかな」

明日美とチエの笑い声が途切《とぎ》れた。

「え……なに、どうしたの双葉」

明日美がきれいに整えた眉をひそめる。空気の色が、くもって、とがる。

「いーじゃん、ひとりでいたくないなら、男のとこに行けばいいんだよ。そしたら男がかまってくれるから、へーキへーキ」

――うちらがかまわなくてもさ、男子が一緒にいてくれんじゃーん？　明日美。それを、そういうことを言われた人が、どれだけ傷つくか、知ってる？

「だいたい、男の前でだけ態度変えてずりんだよ」

ひっそりと顔をしかめて、吐き捨てるように明日美は言った。ずるい。

そう、それだったんだ。槙田さんを悪く言う明日美の本音。面と向かっては何も言わないで、遠くから私を笑っていたあの人たちの本音。

「……ずるいって言うってことは、自分たちも本当は、男子にかわいいって思われたいってことじゃん」

だからこそ悠里に反発するのだ。自分がしたくてもできないことを、悠里が目の前でやっているから。でもその気持ちを認めたくなくて「ムカつく」や「ウザい」に置き換える。

「だったらブチブチ言ってないで、自分らもブリッコすりゃいいじゃん」

「はー⁉　うちらはそんなことしてまで男によく思われたくないし。そういうんじゃなくて、ああいう女が嫌いなだけだっつの！」

「じゃあ、ほっとけばいいのに」

本人のいないところで悪口を言って、嘲笑《ちょうしょう》して――そんなことをしないで、気に入らないなら、ただほうっておいてくれればよかった。私は何も、誰かをムカつかせようとか傷つけようなんて思っていなかったのに。

「ほっとけないくらい嫉妬《しっと》してんだよ。相手のこと悪く言えば、自分が高みに立ってる気分になるのかもしれないけど、それ全然違うから！」

言い切ると、騒がしいはずの教室が、やけにしんとしていた。

チエはひるんだような表情で、明日美もこわばった顔でこちらを見ている。……し、

(しまった――――――っ!!)

今まで喧嘩《けんか》もしたことはなかったのに、気まずくならないように気をつけてきたのに、やっちゃった！　やばい、まずい、どうしよう、どうしたらいい⁉

「な……なーんちゃってー……」

何とか今投げつけてしまった言葉の数々をとりつくろおうとすると、チエと明日美が「あ」と双葉の背後を見て顔を硬くした。

「私のこと、嫌いってことはさ……あなたたちの関心の内側に、私がいるってことだよね？」

いつからそこにいて、どこから聞いていたのだろう。

双葉の後ろに立った悠里は、わざわざ明日美が「ブリッコ！」と罵《ののし》るあの上目遣《うわめづか》いで、少し首をかしげながら笑った。

「ざまみろ」

(な……なんてことを――――――っ!!)

せっかく私が今フォローしようとしてたのに、どうして火事に爆竹を放りこむようなことをするの槙田さん！　ああほら、明日美の顔がもうすごい感じになっちゃって！

そこで気がついた。まだにこっと笑ったままの悠里の手が、小さく震えていることに。

――怖いんだ。

悠里だって、ひとりは平気じゃないし、誰かに嫌われたり、意見するのは怖いのだ。双葉と同じように、きっとみんなもそうであるように。

「――なんなの、すっげ気分悪いっ！」

明日美が荒っぽく椅子を鳴らして腰を上げ、チエも不機嫌そうにそれに続いた。

「双葉」と、低い声で明日美に呼ばれて、びくりとした。

「あんたが、うちらのこと本当はどう思ってたか、わかったから」

あとは一度もふり返らずに、明日美とチエは教室を出ていってしまった。

事のなりゆきを見ていたクラスメートたちが、みんなこちらに注目している。居たたまれなくて、双葉も席を立った。

何やってんだろう、私。

髪型を変えたり、苦しいのを我慢して大食いしたり、女子に嫌われないキャラを作ってそれを演じたり。ただもうひとりぼっちにはなりたくないって、それだけを思って必死にやってきたのに、今さらこんなところでぜんぶ台無しにしちゃうなんて。

（バカすぎるでしょ……）

「吉岡さんっ」

廊下をのろのろと歩いていると、悠里が追いかけてきた。

「あ、あのっ、ありがとう。かばってくれて」

「……お礼なんて言わないで」

「え？」

「あれは槙田さんをかばったっていうか、自分のことかばったんだと思うから」

悠里のためではなく、女子全員に無視されていた中学生の自分のために。明日美というよりも、くすくすとこちらを見て笑っていたあの女子たち全員に、あれは言ったのだ。

悠里はよくわからないというように眉をよせている。そうだ、わかるはずもない。

「だから、逆に巻きこんでごめんね」

つらくて、弱っている顔を見られたくなくて背中をむける。追いかけるように声がした。

「でも、うれしかったから！」

悠里のためではないと言ったのに、悠里はまたそんなことを言う。

でも——それに少しだけ救われて、胸がつまった。

＊

自分たちの関係がこれくらいもろいものだということはショックだったけれど、それでいてずいぶん前から気づいていたような気もした。

翌日に昇降口で顔を合わせた明日美は、双葉から目をそむけ脇をすり抜けた。チエも無言でそれに続く。双葉も、追いかけることも何かを言うこともできず、ただ二人を見送った。

今まで、明日美やチエと喧嘩したことはなかった。

ただただ嫌われないようにと、がさつな自分を作って、波風を立てないように、気まずくならないようにと懸命《けんめい》にやってきた。だから仲直りの仕方がわからない。そもそも、仲直りできるものなのかもわからない。

昼休みになると、双葉はお弁当を持って校内をあてもなく歩いた。明日美たちとは気まずくて食べられないし、明日美たちのほうも双葉を無視してさっさと購買部に行ってしまった。

（何やってんだか……）

校舎の屋外、一階の廊下の窓の下は、通行人の死角に入ってあまり目立たない。そこに腰をおろしてみたが、お弁当を食べる気力はわかなかった。重苦しいかなしみを感じて、双葉は抱えた膝《ひざ》におでこをくっつけた。

あんなになりたくなかった「ひとり」に、またなってしまった。

心細くて、みじめで、時間の流れがやけに遅くて、自分が小さくしぼんで消えてしまいそうな気持ちになる。もうこんな思いはしないって決めて、がさつな演技だって一生懸命やってきたのに。本当に何やってんの、私。

「……ははっ、なに一人で食《く》ってんの？」

笑いを含んだハスキーな声が頭上から降って、はっと顔を上げた。

「オトモダチはどうしたの？」

廊下の窓の内側から顔を出して、洸がうすく笑っていた。人を小バカにしたような笑い方にものすごく腹が立った。

「た……田中くんがあんなこと言うからじゃん」

「は？」

「田中くんが、友達ごっこなんて言うから！」

洸があんなことを言わなければ、余計なことを考えずにすんだのに。明日美たちにあんなことも言わなかったのに。またこんな思いをしなくてすんだのに。

「俺のせいなの？」

いきなり責められても洸は動揺しない。冷ややかに聞き返されて、言葉につまった。

――ちがう。

「……ちがう。自分のせい」

高校の入学式の日は不安でたまらなかった。ちゃんと友達ができるだろうか、もうあんな思いをせずに無事に三年間を乗りきることができるだろうか、と。だから明日美とチエと仲良くなれた時は、本当に、うれしかったのだ。

絶対に二人に嫌われたくなかった。「学校」という逃げられない場所で、一緒にいてくれる人を失いたくなかった。だから明日美のすぐに人を批判するところだとか、チエの何でも明日美に意見を合わせてしまうところだとか、引っかかるものはあっても口には出さなかった。気まずくならずに毎日をすごしていくことだけを優先していた。

「目的ばっかりにとらわれて、大事なこと見てなかった」

購買部で疑いをかけられた時、信じてくれなかった明日美とチエをひどいと思った。だけど二人に演じたキャラしか見せず、本心で接してこなかったのは自分だ。そんな人間をどうして信じてもらえるだろう。

明日美とチエには、親しみはあっても、信頼まではなかった。それは二人だって同じだったのだ。自分たち三人のあいだにはそういう大事な根のようなものがなかった。それを築く努力をしてこなかったから。

「自分のせいだ――」

ひとりになりたくないために、今までたくさんのことをおろそかにしてきた。そのしっぺ返しを今受けたのだ。それなのに、洸を逆恨《さかうら》みして責めるなんて、バカだ。

「今の八つ当たり、ごめん！　そんじゃっ！」

洸に背中をむけたとたん、涙があふれ出した。間違いだらけの自分がみっともなくて、なさけない。なんで私は、大切なことがもっとちゃんとできないんだろう。

歯を噛《か》みしめて泣きやもうとしていると、前方から男子の二人づれが歩いてきた。やだ、泣いてるとこなんて見られたくない。ブレザーの袖《そで》で目をこすりながらあわてて後ろをむくと、

「——わぁッ!! まだいた！」

もう行ってしまったとばかり思っていた洸が、まだ窓枠に腕をのせて顔を出していた。しかも、洸の後ろからも男子生徒が歩いてくる。でもまだ背後にも男子の二人づれがいる。逃げ場がなくて、双葉は泣き顔のままうろたえた。

ふわりと頭を抱きよせられて、気がつくと洸の鎖骨《さこつ》のあたりに顔をうずめていた。男子の二人づれの笑い声が背中のそばを通りすぎて、遠ざかっていく。体中に速い音が響《ひび》いていて、それは自分の鼓動だと気がついた。頭を抱いているこの腕は、泣き顔を見られないように、隠してくれているのだということも。

あ——

頬を当てた鎖骨のあたりから、コロンの香りにまざって、あのにおい。ドロケーをして遊んだ時、田中くんから漂ってきた、あのなつかしいにおい。

「……まあ」

耳もとで、心地よく低い声が呟く。

わぁ!!
まだいた!
……………
こっちからも人《ひと》が来《き》た…

「その目的しか見えなくなるくらい、必死だったんだよな」

同情とも、哀《あわ》れみとも違う静かな声は、やさしく鼓膜《こまく》を震わせて、耳の奥に沈んだ。

身じろいで顔を上げると、洸は窓枠に頬杖をついていた。あの頃とは違う、冷めた表情。でもさっきの言葉の響きは――あの頃の『田中くん』のようだった。

「た……田中くんはやさしい人なの？　意地悪な人なの？」

洸は頬杖をときながら、小さく鼻を鳴らした。

「そんなの知んない。そのとき俺がしたいようにしてるだけだし。それから、いい加減《かげん》に田中って呼ぶのやめろ」

コン、と痛くない程度に手の甲で双葉の頭を叩いて、洸は背中をむけた。

「ほんじゃ行くわ」

――ああ、そうか。

両親が離婚して、苗字が『田中』から『馬渕《まぶち》』に変わったと言っていた。どんな経緯《いきさつ》があったのかはわからないけれど、両親の離婚なんてつらい体験のはずだ。洸は『田中』と呼ばれるたびに、そのつらい気持ちを思い出してしまうのかもしれない。

でも、これから彼に『馬渕』と呼びかけるのもさびしかった。そうするとまるで、あの頃の『田中くん』がすべてなくなってしまうみたいで。

気だるい歩き方で彼はどんどん行ってしまう。もう少しだけ話したい、名前を呼びたい。

「――洸っ」

彼はぴたりと足をとめて、ふり返った時には、眉の間に浅いしわがあった。

「……いきなり呼び捨てかよ」

「じゃ、じゃあ『くん』つける？　洸くんのほうがいい？」

「どっちでもいーよ、そんなん。好きにすれば？」

じろっとにらむ目つきには迫力があって、うっとひるんでいるあいだに、洸はさっさと歩いていってしまった。三年ぶりに会えた初恋の人は、ちょっと怖くて、素っ気ない。

でも、名前で呼ぶこと自体は、ダメと言わなかった。

必死だったのだとわかってくれて、泣き顔を見られないように隠してくれた。

あの頃の自分はもういないと彼は言う。

けれど、そんな小さなやさしさを見せる『洸』の中に、やっぱりあの頃の『田中くん』はいるんじゃないかと、そう思うのだ。

2

「はい、じゃあ三学期もこれで終わりですが、これからは上級生になるという自覚を持って、春休みだからといってあんまり羽目《はめ》を外さないように」

修了式が終わり、そのあとの大掃除も終わり、今まで壁に貼《は》ってあった掲示物などもきれいに取り除《のぞ》かれた教室は、入学式の日に初めて入った時と同じ風景になった。

「あー、あとこの教室は四月に入ってくる新一年生が使うんで、机の中のものは今日ぜんぶ持って帰ること。残ってるもんは捨てるよ。はい、じゃー終わります」

担任が最後のホームルームの話をむすぶと、日直が即座に「きりーつ」と号令をかける。そして「礼」の号令で先生に一礼した途端、いっきにクラス中で明るい話し声がはじけた。これから四月に新学期が始まるまでの短いけれど自由な春休み、何をして過ごすか話し合いながら生徒たちは教室を出ていく。

双葉《ふたば》は椅子《いす》に腰かけたまま、前側と後ろ側にある二つのドアから出ていく生徒たちを見た。容姿が目立つ明日美《あすみ》と、そのそばにいるチエはすぐに見つかる。明日美がドアから出ていく一瞬、目が合った。けれど明日美はすぐに顔をそむけて、チエと話しながら行ってしまった。

悠里《ゆうり》のことで言い争って以来、明日美とチエとは一度も口をきいていない。

今日で一年生が終わり、四月に二年生として新学期が始まる時にはクラス替えがある。そこで一緒のクラスにならなければ、二人とはもうこれきりだ。

このままでいいのかな。

こんな、ちぎれてしまった関係のまま終わっちゃって、本当にいいのかな。

でも、怖い。このままこれきりにしてしまえば、もやもやは残るけどこれ以上傷つくこともない、その誘惑に負けそうになる。――でも、嫌だ。

意気地なしの自分のままでいるのは嫌だ。本当の関係ではなかったかもしれないけど、それでも大切な友達だと思っていた二人と、こんな状態で終わってしまうのは嫌だ。

「――明日美！　チエちゃん！」

鞄《かばん》をひっつかんで廊下へとび出すと、二人はまだ教室からそう離れていない場所にいた。立ちどまってふり向いた明日美の視線の険《けわ》しさに、息が苦しくなる。

「なに？」

「あ……あのさっ、こ、このあいだはごめん。私の言い方も悪かったと思う。でも……」

怖い。本当の気持ちを話すのは怖い。相手の気に障《さわ》るかもしれないことを言うのは怖い。関係がやぶけてしまった相手の前に立つのは怖い。

だけど、ここで怖いからと口をつぐんでしまったら、きっと私は一歩も進めない。

「あれが本音だった。嫌われるのが怖くて、今まで明日美たちとは本気でぶつかれなかったけど――私の本心だった」

言葉のあとに降りた沈黙は、喉《のど》を絞《し》めるようだった。二人の顔を見られない。これから何と言われるのか怖くて、逃げてしまいたくなる。

「――双葉の気持ちはわかったよ」

明日美の声は、思いがけなく静かだった。

明日美はいつも、誰に対してもそうするように、まっすぐにこちらの目を見据えた。

「そんで思ったんだけど、あれが本心なら、やっぱ双葉って私には面倒《めんどう》かも」

覚悟はしていたが、胸に刺《さ》さるような痛みを覚えた。けれど気持ちが沈む前に明日美は、

「双葉が悪いとかじゃないけど」

と続けて、きれいに手入れした茶色の髪を伏し目がちにかきあげた。

「ただ私とは、ノリが合わないってだけだから」

ばいばい。長い髪をゆらして明日美は背をむける。チエも「あ、待ってよ」と双葉を気にしながらあとを追い、やがて二人の姿は廊下のむこうに小さくなった。

もっと、腹を立てられるかもしれないと思っていた。それでも仕方がないと思っていた。

でも、きっと四月にまた同じクラスになれても、明日美やチエとはもう購買へお昼を買いに行ったり、一緒に雑誌をながめたりはできないだろう。

『双葉が悪いとかじゃないけど』——あんなふうに言ってもらえるとは思わなかった。

今の「ばいばい」は、そういう別れの言葉だったのだろう。

「……仲直りできなかったね」

子猫の鳴き声みたいに細くてやわらかい声。ふり返ると、通学鞄を肩にさげた悠里がいた。

悠里はかなしそうな表情で睫毛《まつげ》をふせる。ごめんなさい、というように。別に悠里が悪くてこうなったわけではないのに。

「小学生の頃、学校の先生がさ」

きょとんと目をあげた悠里に、双葉は小さく笑いかけた。悠里は、小学生の頃どんな子だったのだろう。明日美は、チエは、どんな子で、何を考えてきたのだろう。聞いてみればよかった。そういうところから、少しずつ理解して、共有していたら、もう少し違う結果になったのだろうか。

「先生が『お友達とはみんな仲良くしましょう』って言ってた。その頃はただひたすらにそれが正しいと思ってた。今も基本的にはそうなんだと思うけど……うまくいかないこともあるんだよね」

歩み寄って、それでも手をとり合えなかった時のことを、あの頃は教えてもらわなかった。手をとり合えないことがあるということすら、あの頃は知らなかった。

「吉岡《よしおか》さ……」

「どうしようもないことも、ある！　そりゃそうだっ、うん！」

悠里にもう一度笑いかける。そんな顔をしないで。あなたは何も悪くない。

歩み寄ればみんなと仲良くできると信じていたあの頃から、本当にいろいろなことがあって、今の自分がいる。教わらなかったことを知っていく、自分の体で、自分の心で。

今知ったのは、努力しても手をとり合えないこともあるのだということ。それは誰かが悪いわけではなく、自分たちが違う意志をもった人間だからだということ。そんなお互いを認め、受け入れること。

小さかった頃よりも、忘れられない中一の頃よりも、私は臆病《おくびょう》になったかもしれないし、ずるくもなったかもしれない。

それでも、知らなかったことを知った今の私は、あの頃よりもきっと強い。

「……私、吉岡さんともっといろいろ話してみたかったなー」

じっと澄んだ目でこちらを見つめる悠里を、双葉も驚いて見つめ返した。ふしぎな感覚だった。今自分が話したこと、言いたかったことが悠里にちゃんと伝わったのだとわかった。

「私も！」

答えた声はなんだかやたらと勢いよくなってしまった。悠里は少し頬《ほお》を赤くして満面の笑みになる。双葉も照れくさく笑い返した。

「じゃあねっ、吉岡さん」

「うんっ、ばいばい」

手をふって、悠里は小動物のような足どりで、ぱたぱたと廊下のむこうへ走っていった。温《あたた》かい気持ちでそのうしろ姿を見送っていると、ふっと、彼の顔がよぎった。

どうしてだろう。

今、すごく洸《こう》に会いたい。

抱きしめられて必死だったんだなと言ってもらった時、心の深い部分がつながったと感じたあの時みたいに、この気持ちを共有したい。

特進クラスの下駄箱《げたばこ》は、一般クラスのそれとは別のところに設置されている。双葉は急ぎ足で特進クラスの下駄箱にむかった。すのこで上履《うわば》きを外靴に履きかえている生徒たちの中に洸の姿を捜すが、見つからない。もう帰っちゃったかな、そう思っていると、

「誰のこと捜してんの？」

背後から少しかすれた低い声が降って、「洸っ」と双葉はふり返った。洸は「そんな大声で呼ばなくても聞こえるし」という感じに気だるい表情をしている。

「洸のこと捜してた！　聞いてほしいことがあって」

「なに？　オトモダチと和解でもした？」

「いやーダメだったね！」

「え……」

「でもさっ、うまくいくことばかりじゃなくて当たり前だよね。だからまた一からやり直す！　それでいいって思う！」

洸、聞いて。かなしかったけど、かなしいだけで終わらなかった。勇気を出したら、友達は最後に、ちゃんと応《こた》えてくれた。

だから私はきっと前に進める。進んでやるんだって、今はこんなに強く思えるの。

洸は少しだけ目をみはっていた。そして、茶色の瞳《ひとみ》がうすい笑みを浮かべる。

「よかったじゃん」

とまどって、双葉は洸の目を見上げた。――うまく言葉にならない、でも。

笑っているはずの洸の瞳に、一瞬、とても深い翳《かげ》りを見たような気がした。

「洸ー、おまえまだ話の途中だったのに……あ」

廊下のむこうから、田中先生が歩いてきた。今日は修了式だからさすがにいつもの斬新《ざんしん》な服装ではなく、ストライプのワイシャツに紺色のスーツだ。田中先生は双葉を見ると目をまるくした。

「このあいだの子だ」

「こ、こんにちはー」

「こんチワワー」

……先生、その歳《とし》で「こんチワワ」ってどうなんスか。

せっかく見た目はかっこいいのに……、と残念な気持ちで温和な笑顔の先生をながめていると、洸が面倒《めんどう》くさそうな声を田中先生に投げた。

「さっきの話ならもうすんだだろ。しつけーよ」

「その話じゃなくて、今日は俺、飯作りに行くからちゃんと家にいろよってこと」

「えー」

「そんで今日はそのままそっちに泊《と》まるから」

（とまっ——え⁉　泊まる⁉）

二人ってまさかそういう関係⁉　ていうか私こんな話聞いちゃってよかった⁉　動揺しまくっていると、ぎゅうっとほっぺをつねられて、

「兄貴」

と、あきれきった顔の洸が、田中先生に親指をむけた。……あにき？

「あにっ、えッ⁉」

「大体わかんだろ、顔とか見れば」

「ははっ、隠してるわけじゃないけど、わざわざ言ってもいないからなー。知らない人も多いんだよね」

ぼうぜんとしながら、双葉は洸と田中先生を見比べた。……似てる。そう、二人は似ているのだ。田中先生が洸にかさなってしまうのは、今まで『田中くん』への想《おも》いが消えないからだとばかり思っていたけど——兄貴て！　そりゃ似てるがな！

不覚すぎる自分にツッコミを入れていると「ねえ、ところでさ」と田中先生が笑顔で順番に洸と双葉を見た。

「二人って、付き合ってんの？」

「え……」

いや、確かに一時期両想いだったことは発覚したけど、でも付き合っているわけでは……、ともじもじ答えかねていると、

「は？　昼飯にパン四つも食うようなやつと？　まさか！」

と洸が即答したのでムッとした。そんなに嫌そうな顔で言わなくたっていいじゃん！

「中学の時、私のこと好きだったくせに！」

「それはそっちだろ？」

「『俺も好きだった』って言ったんじゃん！」

「あーあれ、ウソウソ。その場のノリ？」

「は――――っ？　あのころ目とか超ー合わせてきたじゃん！」

「おまえがじろじろ見てたからじゃねーの？」

小《こ》にくらしい！　なんでこんな小にくらしキャラになっちゃったの⁉　憤然《ふんぜん》としていると、洸が「……バカらし」とため息まじりに呟《つぶや》いて下駄箱のほうへ歩きだした。

「どっちにしろ今と関係ないじゃん」

「あ、逃げた！」

「はは、なんだかんだ仲いいのはわかったよ。……えっと」

噴《ふ》き出した田中先生は「何さん？」と小首をかしげた。あ、と双葉も気がついた。そういえば、田中先生にはまだ名乗っていなかったのだ。

「吉岡双葉です」

「へー、いい名前だね。双葉って。……双葉……」

あれ、というように田中先生はもう一度双葉の名前を呟いて、はっと目をみひらいたかと思うと、双葉のほうへ身を乗り出した。

「おー！　双葉さんっ！」

「え？」

田中先生は今にも握手を求めてきそうな笑顔だ。え、なに？　とふしぎに思っていると、すうっと背後で息を吸いこむ音が聞こえた。

「教師が女子生徒ナンパしてるーっ！」

いきなりの大声に、あたりにいた生徒たちがいっせいにふり向いた。注目された田中先生は「ええっ？　違うって、ないない！」とあわてて両手をふる。

手首をひかれた。えっ、とふり向けば、目尻の切れた印象的な茶色の瞳。

そのまま洸は風のように走り出す。双葉も手をひかれながら駆けた。

なんだかよくわからないけど、手首にふれる彼の手の熱が頬にまでじわりとのぼって、でも嫌ではなくて、心臓が刻む速いリズムに合わせて走った。

＊

「た、田中先生、お兄さんだったんだね」

「さっきそう言ったじゃん」

「田中先生とは一緒に住んでないの？　なんで？」

「……同じ学校の生徒と教師だから、一応」

「洸、ひとり暮らしなの？」

「違う、兄貴が家から出た」

空は水色に染まり、ぬくもりをおびた風に合わせて、白い雲がゆっくりと流れていた。

やわらかく降る春の光は洸の髪の表面をつたい落ちて、黒いくせ毛の先を淡い茶色に透《す》かす。

昔と変わらないいくるんとしたえり足をながめながら、双葉は手をひく洸の歩幅に合わせて、小走りに足を進めた。

「じゃあ、洸は前の家に戻ったの？」

「……んー」

「お母さんと？」

「……俺だけ」

「なんで苗字《みょうじ》もとに戻さな……」

「もういいだろ、うるさいな」

急に声音《こわね》がイラ立たしげにとがって、双葉は口をつぐんだ。

「おまえ、関係ないじゃん」

関係ない、という言葉が刺さって足をとめた。合わせて洸も立ちどまる。

「……か、関係ないって、そっちが巻きこんでんじゃん！」

まだつかまれたままの手首を指さすと、あっけなく洸の手は離れた。

「じゃあもう放したからいいでしょ？」

赤の他人を見るよりも冷たく、ひとかけらの幸福も知らないように暗い目を洸はしていた。

こうして、こんなに近くに立って、目が合っているはずなのに、洸はどこも見ていない。双葉はとっさに洸の制服の両袖《そで》をつかんだ。そうして引きとめていなければ洸が今にも消えてしまいそうな気がした。洸は冷えきった瞳でこちらをながめている。

「放してほしかったんじゃないの？　だったら放せよ」

――洸、何があったの？

どうしてそんな顔するの？　どこを見てるの？　洸の心は、今どこにあるの？

懸命《けんめい》に洸の袖を握りしめながら、無性にかなしくなって、涙がこみあげた。

「と……突然いなくなって、また突然あらわれて、私だってたくさん聞きたいことあるんだよ！　頭の中で整理できないこと、たくさんあるんだよっ！」

洸、本当に、私はうれしかったの。もう会えないと思っていた洸にまた会えた時、泣きたいくらいうれしかった。

なのに、どうしてそんな顔してるの。どうしてそんなに——洸はしあわせそうじゃないの。

「——ウザいから、泣くなって言ったろ」

言葉のはじまりは頭の上で、言葉の終わりはすぐ耳もとで聞こえた。

ただ驚いて、身動きできなかった。洸はうなだれるように双葉の肩に額《ひたい》を当て、そのかすかな息づかいが伝わってくる。とまどって彼の名を呼ぼうとした時、

「ごめん……」

耳もとで、かすれた声がささやいた。

「洸……？」

「……夏祭り……」

「え？」

「あの日、三角公園で、俺のこと待ってた？」

——七時、三角公園の時計のとこ。

三年前の夏だった。彼が恥ずかしそうに顔を隠しながら言った場所に、一番お気に入りのワンピースを着て、約束の時間よりも十分早く行った。

「待ってたよ……」

時計の針がひと回りしても、それに合わせてどれほど不安がふくらんでも。もう少し待てば

ごめん…
洸《こう》…？
…夏祭《なつまつ》り…

田中くんが来るかもしれない。来てくれたら、ひどいこと言ってごめんって謝ろう。そして、勇気を出してこの気持ちを伝えよう——そう思って、ずっと。

「ずっと待ってたんだよ——」

「うん……ごめん」

洸の細い吐息がブレザーの肩に当たり、そこだけじわりと熱くなった。

「おまえはさ、男嫌いだと思ってたからさ」

「それは……」

「や、それでも俺は、あの日三角公園に行くつもりだった。でも、夏休みに入ってから、うちの中がゴタゴタして、いろいろあって——」

言葉が途切《とぎ》れたあとの沈黙はほんの数秒だったが、空白の三年間をそこに閉じこめたように長く感じた。洸の頭がゆっくりと持ち上がり、額の少し上から静かな声が降った。

「あの日、行けなくてごめんね」

涙が頬に流れおちて、鮮明になった目を上げると、洸は淡く笑っていた。

笑っているのにかなしい、痛々しいような表情だった。

三年のあいだに洸に何が起こったのかは知らない。けれど洸はとてもつらい思いをしたのだと、その顔を見てわかった。そうだ、親が離婚するなんて大変なことで、私なんかよりもっと洸はいろいろあって、それなのに私——

「ごめん、私、無神経に聞きすぎた」

今さら気づいても遅いけど、申し訳なくて謝った。いいよ、と洸はゆるく首を横にふった。

冬のぴんとはりつめたにおいではなく、やわらかくほどけた土や草木のにおいがする風が吹いていく。双葉は濡《ぬ》れた目を手の甲でぬぐって、スンと小さく鼻をすすった。度深呼吸をして息を整えてから、洸を見上げる。

「帰ろっか」

「ん」

若葉が芽吹《めぶ》いたばかりの街路樹《がいろじゅ》がならぶ通学路を、人ひとり分くらいの隙間《すきま》を空《あ》けて、二人で歩いた。どちらも黙ったままだったけれど、気まずくはない。静かな気持ちだった。

ズボンのポケットに手を入れた洸は、双葉に歩調を合わせて歩いてくれていた。すっと鼻筋が通った横顔を見つめて、ふしぎな気持ちになる。もう会えないと思っていた彼が、今自分のとなりを歩いている。これからも二年間、同じ学校で生活していく。

視線に気づいた洸がこちらを見て「？」と眉《まゆ》を上げた。その表情のあどけなさは『田中くん』みたいで、双葉は小さく笑って首を横にふった。すると洸は「なんだよ」という感じに眉根をよせ、そういうちょっと怖い顔は再会してからの洸っぽくて、おかしかった。

やがて住宅街の三叉路にさしかかり、双葉は足をとめた。

「じゃあ、私こっちだから」

「んー」

背中をむけたところで、あ、と思い出して、双葉はもう一度洸をふり返った。

「今日の夕飯、楽しみだね」

「え？」

きょとんとする洸はもうすっかり忘れていたようで、あきれてしまった。

「『え？』じゃないじゃん。今日、田中先生がご飯作りに来てくれんでしょ？」

「あー……そうだった、兄貴が来るんだった」

うんざり、という感じにうなじをさわる洸はなんだかほほえましくて、双葉は笑った。

「じゃーね！　ばいばーい」

もう一度手をふって、今度こそきびすを返す。アスファルトを歩く足が少しかるい。

三年前とはまったく違う、まだたまに怖い洸。でも——今日は自分のことを話してくれた。

冷めた態度の裏にある本当の心を見せてもらえたみたいで、それが素直にうれしい。

家路をたどりながら想像する。田中先生が作ってくれるご飯って、どんなのだろう。洸はどんな顔をして、どんなことを話しながら、お兄さんとご飯を食べるんだろう。

そのひとときが、洸にとって楽しいものだといい。

さっき洸が見せた、とても深いかなしみを消してくれるくらい。

せっかく急いで仕事を終わらせてきて作った自信作のチキン南蛮《なんばん》も、もうすっかり冷たくなってしまい、田中陽一《よういち》は何度目か忘れてしまったため息をついた。

「……ったく、あいつはどこ行ってんだ……」

思わずこぼしたひとり言は、静まり返った家の中で、くっきりと文字になって宙に浮くようだ。陽一は食卓の椅子《いす》に体を沈めて、腕まくりしたままだったスウェットの袖をおろした。余談だが、最近買ったばかりのこの黄緑色の上下は、弟に「カエルかよ」と冷ややかなツッコミを食《く》らった。陽一としては、とても気に入っているのだが。

居間《いま》の置き時計の秒針の音が、キッチンまでかすかに聞こえてくる。食卓にふせた茶碗と、みそ汁用の椀。甘酸《あまず》っぱいタレをからめて、お手製タルタルソースをたっぷりかけたチキン南蛮。せっかく弟の好物を作ったのに、肝心《かんじん》のあいつがいっこうに帰ってこない。

「兄ちゃんは待ってんだぞ」

ついまたひとり言をこぼして、その拍子《ひょうし》に思い出した。弟がまだ自分を「兄ちゃん」と呼んでいた頃のことを。

あの時は、陽一はまだ大学生で、弟は中学に入ったばかりだった。それで、そう、漫画を借りようと思って弟の部屋に行ったのだ。

ノックをしてみても返事がなく、寝てんのか？　とドアを開けると、弟は勉強机にむかっていた。でも勉強に打ちこんでいるという様子でもなく、頬杖をついてぼんやりとしている。悪戯《いたずら》半分に足音をしのばせて後ろからのぞきこんでみると、弟は机にノートを広げて、シャープペンシルの先を何も書かれていない白いページに置いていた。

今ではずいぶん警戒が強くなってしまったが、あの頃の弟は本当に無防備で、陽一が背後にいるというのにまったく気づかず、ぼうっと白いノートをながめていた。そしてふいに、頬杖をついたまま、ノートの下の部分に何かを書きはじめた。

吉岡双葉。

弟はその四文字をぐるぐると線で囲って、そこで自分が何をしていたか気づいたらしく、はっと赤面した。吉岡双葉……。

『って誰？』

『わあっ』

あわててノートを胸に押しつけて隠した弟は、もう、耳までまっ赤だった。

『ちょっ、見るなよっ』

『なに、おまえの好きな子か！』

『うるさいなー、あっち行けよ、勉強の邪魔《じゃま》』

『勉強なんてしてなかっただろー』

『してたよ！』

『吉岡双葉ちゃんってどんな子？』

『あーうるさいうるさい。つーか兄ちゃん、その服なに、超ヘン！』

ひとしきり思い出し笑いをして、しんと静まり返った食卓に戻ってきた陽一は、宙をながめる。——そう、あの子だったのか、『吉岡双葉』は。

『吉岡双葉です』

今日学校でそう名乗った女の子は、きれいな明るい茶色の目をしていた。活力があって、でもナイーブそうで、やろうと決めたら一生懸命進んでいくようなひたむきさが見えた。

弟があの子と言い合いをはじめた時、驚いた。あんなふうに遠慮なしに他人にじゃれる弟を見たのは、本当にひさしぶりだったから。

陽一は、茶碗とお椀をふせた空《から》っぽの席を見つめた。まだその席に座るべき弟は、帰ってくる気配もない。

あいつは今、どこにいるんだろう。

あいつはいつまで、こうしてさまようんだろう。

「兄ちゃんは待ってんだぞ、ずっと——」

洸、どうかあの子が、おまえを暗闇《くらやみ》からつれ出してくれるといい。

あの子だけでなく、おまえがこれから出会う人たちが、おまえの見失ってしまったものを一緒にさがしてくれるといい。

　あんなことがあって、おまえは何もかも嫌になってしまったかもしれない。何を信じればいいのか、どこへ歩いていけばいいのか、何もわからなくなって、おまえはそういう痛みから自分を守るためにきっと変わらなければいけなかった。

　洸、変わったっていい、それでいいんだ。だけどもう一度、おまえに歩き出してほしい。人間は前向きに生きていかなくちゃいけないとかそんなことじゃなく、おまえが少しでも、心から笑えるように。

　どんなに時間がかかっても、兄ちゃんは、おまえがかえってくるまでずっと待ってるから。

3

　三月の終わりから暖かい日が続いて、四月に入るとそれが合図だったように、通学路の桜並木が薄紅色の花をひらかせた。

　風に舞いあがる髪を押さえながら、双葉《ふたば》はひさしぶりに登校する校舎を仰《あお》いだ。青空を背景に、四階建ての校舎にはめこまれた何十枚もの窓ガラスが朝日を反射し、白く輝いている。

　今日からまた、新しい毎日がはじまる。

　去年の一年間に必死に作ってきたものは、必死になるあまりに大事なことを見失って、結局壊れてしまったけれど。

　今日からはじまる新しい日々の中で、また一から作っていこう。次はもっと注意深く、大切なことを忘れずに、精いっぱい。

　校門から昇降口にかけての通りには、文化祭の看板のように大きな掲示板が、三つ設置されていた。一年生から三年生それぞれのクラス分けが発表されているのだ。掲示板の前にできている人だかりの中へ、双葉も何度か肩や腕にぶつかられながら進んだ。

（吉岡《よしおか》、吉岡……あった！）

　苗字《みょうじ》が「よしおか」だから、これまで出席番号はずっと女子の最後だ。だから掲示板の貼《は》り紙の、女子の列を最後のほうからクラスごとに見ていくと、二年二組の女子の列に自分の名前があった。しかも出席番号、また最後だし。

（ほかには誰がいるかな……）

　今度は自分の名前から上へ名簿をたどっていき、あっ、と小さく声をあげてしまった。

『槙田悠里《まきたゆうり》』

　双葉の名前から一人をはさんだすぐ上に、その名前があった。槙田さんと一緒だ。そう思うと緊張していた気分がふわりとほぐれた。

（私、同じクラスに槙田さんの名前があって、うれしいって思ってる……）

　これでクラスの中でひとりぼっちにならずにすむ、そういう打算的な気持ちもきっとあるのだろう。でもそれだけではなくて、もっと吉岡さんと話してみたかったな——そう言ってくれた悠里と、また一年同じ教室ですごすことができる。それがうれしかった。

悠里といろいろな話をしてみたい。波風を立てずに付き合うためのうわべの会話ではなくて、自分の思っていること、悠里の思っていること、そういうことを一つずつ。そうやって、一本の毛糸からマフラーを編んでいくみたいに大事に、関係を作っていけたらいい。

今までまったく縁のなかった二年生の教室にたどり着き『２－２』と黒地に白抜きされたプレートを見上げると、胸がどきどきした。今日からはじめる、また一から。深く息を吸って、教室の中へ足を踏み出す。

新学期の最初の座席は出席番号順になるので、番号が女子の最後なら、席は廊下側の列の一番後ろだ。毎回あそこだなあ、と首をめぐらせた双葉は、どきりとした。

（村尾《むらお》さんだ……）

双葉のすぐ前の席に、村尾修子《しゅうこ》が座っていた。頬杖《ほおづえ》をついてどこかをながめる横顔は、目に入った瞬間にどきっとするような、迫力のある美しさだ。そういえば、と昇降口前の掲示板を思い出す。悠里と自分の間にもう一人分の名前があった。あれが修子だったのだ。

（あ、槙田さん）

修子の前の席へ目をやると、そこにはもう悠里が座っていて、双葉と目が合うとうれしそうににこっと笑った。やっぱり喜んでるハムスターみたいな笑顔だ。つられて頬がゆるんでしま

って、槙田さん、と呼びかけようとした時、

「村尾っ！」

突然頭の上からすごく大きい声が降り、びくっとして双葉はかたまった。

「村尾、また同じクラスだ！　よろしくっ！」

双葉の脇をすり抜けて、修子の席にむかってずんずん歩いていくのは、背の高い男子生徒だった。茶色の髪はふわっとパーマがかかっていて、声がはっきりとよく響《ひび》く。顔つきがとても明るくて、性格に裏表がなさそうだった。

修子はひと言「どうも」と短くクールに答え、彼は机に両手をおいて身を乗り出した。

「一年の時のクラスは、何の思い入れもないって言ってたけど、二年のこのクラスではそうは言わせないから！　絶対っ！」

（なんだありゃ……）

まだみんながそれとなく距離を置いて様子見をしている新クラスで、いきなりのびのびとふるまっている彼を、ほかのクラスメートも「なんだありゃ」という顔で見ている。確かあの人、と双葉は思い出した。去年は村尾さんと同じ一組にいた人で、小湊《こみなと》、とかいったような。で、下の名前が……あ、そう、亜耶《あや》！　女の子みたいな名前だから覚えてた。しかしそれにしても、なんていうか……。

「なんか暑苦しいやつのいるクラスだな」

そうそれ！　ちょっと暑苦しい、とうなずいてから、えっと双葉は背後をふり返った
「よー」

目が合うと洸《こう》は気だるそうにあいさつして、双葉の脇をすり抜け教室に入っていく。

（え……なんで特進の洸がここにいるの？）

特進クラスに在籍する生徒は、著《いちじる》しい成績低下などよっぽどの理由がなければそのまま進級していく。その特進クラスにいたはずの洸が、どうして一般クラスのここに。

教室まちがえてるんじゃ、と思ったが、洸は廊下側の列の後ろから二番目の席に座った。そっか、今は『馬渕《まぶち》』だから、私と席が近いんだ。——っていや、そうじゃなくて！

洸と同じクラス？　本当に？


「えー、英語の田中《たなか》って馬渕の兄ちゃんだったの？」

「一応ね。つってもけっこう歳《とし》離れてるからそんな仲良くもないけど」

「あ、でもさ俺、春休みの前におまえと田中先生が廊下で話してんの見たよ」

「あーあれね、成績ガタ落ちしたからさ、このままじゃやばいぞって説教されて」

「はは、兄ちゃんが学校で先生やってるって微妙だよなー」

「微妙どころじゃねーよ。気まずいわウザいわ」

双葉は机に頬杖をついて考え事をしているふりをしつつ、となりの列から聞こえてくる楽し

げな会話に聞き耳をたてた。洸の席には、近くの席の男子たちが集まって談笑している。もうあんなに仲良くなってるよ、同じクラスになったばっかりなのに。

「へー……だから田中と苗字違うんだ」

「こっち戻ってきて、田中先生とは一緒に住んでんの？」

「いや、兄貴が家出て一人暮らし。同じ学校の生徒と教師だからさ、一応ね」

（……私もまったく同じこと聞いた……）

洸に手をひかれて一緒に帰った修了式の日、洸はいろいろなことを話してくれた。両親が離婚して洸はお母さんについていったこと、でも洸だけが生まれた家に戻ってきて、かわりに田中先生が家を出たこと。

両親の離婚にかかわることはきっと洸にはつらいことで、それでも話してくれたのは、もしかしたら特別なことだったんじゃないかと思っていた。でも——普通に話してる！　私が聞いたこと、そのままほかの人にも話してるよ！

いくら初恋の相手でも、今も洸のことが好きだというわけではないし、だから別にどうでもいいはずなのに。——私が特別ってわけじゃなかったんだ、とがっかりした気分になる。

「でもさ、家に戻ってきたんなら苗字は？　田中に戻さんの？」

「あー……それねー、いろいろあってさ」

「なあ」

と声をかけたのは、洸のまわりに集まった男子ではなかった。

洸のすぐ後ろの席、双葉から見ればとなりの席に座った男子生徒だ。洸がふり返ると、彼は机に頬杖をつきながら訊《たず》ねた。

「特進から一般クラスに落ちちゃうってどんな気分なの？『なんでこんなやつらと一緒なんだよ』とか思ったりすんの？」

（なんかトゲのある言い方だな……）

洸が特進クラスから一般クラスに移ったのは、やっぱり成績不振が原因のようで、そこを突っつくような嫌な言い方だ。実際、後ろの席の男子は「答えてみろよ」と言いたげな表情で、ふてぶてしく頬杖をつき、洸の返事を待っている。

「なんでだよー。俺、別に頭よくねーもん」

洸は気を悪くした様子もなく、ほがらかに答えた。後ろの席の男子生徒は「なにそれ嫌味？」という感じで眉間《みけん》をしかめた。

「俺、相っ当無理して勉強してただけだからなー。高校入ったらちょっと気ぃ抜けちゃって。したら成績ってあっという間に落ちんだな！　ハハっ」

洸が屈託なく笑うと、後ろの席の男子生徒は意外そうな表情になった。「あれ、なんか思ってたようなやつと違うな……」というように。

「もう兄貴にさんざんどやされてさー」

「えー、あの先生って怒んの？」

「怒る怒る。説教長いし、まじウザい」

「ていうかおまえの兄ちゃん、服の趣味やばくね？」

「それ俺のせいじゃねーよ」

「でも生徒にはなつかれてるよなー」

いつの間にか後ろの席の男子生徒も一緒になって、洸を囲んだ男子たちが笑う。うまく受け流すもんだなぁ、と双葉は感心した。気まずい方向に流れかけた空気を、洸があっという間になごませてしまった。

洸の横顔を見つめていると、ふと洸がこちらに視線を流し、目が合った。やばい、じっと見てたの気づかれた？　けれど洸は「なにあわててんの？」というふうに目をまるくして、それから、ベーっと舌《した》を出して笑った。ちっちゃい、いたずらっ子みたいに。

（ベーって……なんだあれ、小学生か）

双葉はふいっと黒板の方向にむき直った。「馬渕、どしたー？」「あーなんでもない」なんていう声が聞こえる。ひきしめようとしても口もとがゆるむのはとめられなくて、そっぽをむいたままついに笑ってしまった。――ほんと、小学生かっての。

教室の黒板側にあるドアが開いた。学校指定の通学鞄《かばん》を肩にかけて入ってきたのは悠里だった。目が合って、ちょっと照れながら双葉が笑いかけると、悠里も笑顔になる。

「吉岡さん、おは……」

「ねー、あの子ってさ、一年の時女子全員にハブられてたんだって」

双葉のほうへ近づこうとした悠里が足をとめて、表情を硬くした。ひそひそ声の発信源は、教室の中央の席にいる女子二人だ。

「え、なんで？　何かあんの？　あの子」

「いやよくわかんないけど、何もなきゃハブられないいんじゃゃん？」

悠里はくるりと背中をむけて、双葉から二つ前の席に座った。鞄から筆記用具を出して机にしまううしろ姿は、何も気にしていないというようにぴんとのびているけれど、でも、それはふりなんだろう。内緒話《ないしょ》をしていた女の子たちだって別に悠里に嫌な思いをさせようと思ったわけではないだろうが、きっと恥ずかしかっただろうし、傷ついたはずだ。

（……一年の時は何がきっかけで孤立したんだっけ）

女子全員で悠里を遠ざけていたわりに、何がはじまりだったのかを考えるとはっきりしない。しばらく記憶をたどって、あ、と気がついた。

明日美《あすみ》だ。外見も目立つし物をはっきりと言う明日美にはクラスの中でも発言力があって、その明日美が「槙田悠里ってブリッコだよねー、まじウザくない？」と言い出したことが、そのまま女子全体の空気になってしまったのだ。

人は流されやすい。「あいつはウザい」と誰かが言うと、自分も「なんとなく」そういうふうに思えて、別に何をされたわけでもない人を爪《つま》はじきにする。――私も含めてさ。

自分だって、こうして話してみればいい子だとわかる悠里を、明日美の言葉に流されて「なんとなく」遠ざけていた。なさけなくて申し訳ない気持ちで、双葉は悠里の背中を見つめた。

（そうだ、だったらこの二年のクラスでは最初に槙田さんを孤立させない空気を作っちゃえばいいいんじゃん⁉）

一年生の時は女子の空気のせいで悠里は孤立してしまった。それなら今度はみんなが悠里はいい子なんだとわかってくれる、そういう空気を作ればいい。そうだよ！　よし！　双葉はさっそく机の脇にかけた通学鞄をさぐった。

「ねー槙田さん、これこれー」

悠里の席に行って、携帯電話につけた白ロップイヤーの『ラムネ』のストラップを見せる。

「前に槙田さんにもらったやつ、私もつけてみたよ」

「あ、本当だ。うれしー」

「私こそありがとー」

悠里と笑いながらちらちらっと横目でうかがうと、さっき悠里の内緒話をしていた女子たちがこちらを見ていて「あれ、なんか普通にしゃべってる？」「別にヤな子じゃなくない？」と話している。よっし！　いい感じ、この調子でもっと……。

「あっ、あの人」

と例の女子の片方が小さく声をあげたのはその時だ。彼女は友達に顔を近づけて、

「あの人、一年の終わりにクラスの女子と大喧嘩《おおげんか》したらしいよっ」

あれ、その『あの人』って、もしかして……？

「えっ？　怖い人なの？　……ヤンキーとか？」

「友達から話聞いただけだからわかんないけどさ。でもちょっとそういう人っぽいよね、きつそうな顔してるし」

「やだー、私ほんとにそういう人やだー」

「槙田さんってあの人と仲いいんだ？　じゃあ槙田さんもヤバい人だったりして……」

いや、確かに顔はきついけど、ヤンキーじゃありません……。あんまりな言われように落ちこんでいると、吉岡さん大丈夫？　というように悠里が眉《まゆ》を八の字にするので、双葉は弱く笑いかけて自分の席に戻った。今話しかけると、逆に悠里に迷惑をかけてしまう。

しょんぼりしていると、村尾修子が登校してきてすぐ前の席に鞄をおいた。まっ黒で長い髪がさらりとブレザーの肩から流れおちて、それがとてもきれいだった。

「お、おはよーっ」

まだ修子とは話をしたことがないから少し緊張しながらあいさつすると、

「おはよー」

と修子は、フレンドリーとまではいかないがそれなりにやわらかい声であいさつを返してく

れた。お、一匹狼《おおかみ》だと思ってたけど、意外と普通に話せそう？

「あの、村尾さ……」

クラスにいい空気を作るためにも修子とも仲良くなりたい。そう思って話しかけたが、修子はすぐにイヤホンを両耳にはめて音楽を聴きはじめ、しかも次は文庫本まで開いてしまった。

出ている、「これ以上は話しかけないで」オーラが全身から出ている……。

「村尾、おはよーっ」

教室中に響《ひび》きわたる大きなあいさつ。この声は、と顔を上げると今日も頭がふわふわの小湊亜耶が、爽《さわ》やかな笑顔で近づいてきた。もちろん双葉にではなくて、修子に。

「村尾、何読んでんの？　何聴いてんの？」

修子は読書に集中していて聞こえないのか、あるいは聞こえているけど聞こえていないふりなのか、亜耶をちらりとも見ずに文庫本のページをめくる。しかし亜耶もつわものだ、「つーか二年も同じクラスになれて俺らラッキーだねー、縁があるんだなあ」などと返事をしてもらえなくても笑顔でうなずいている。小湊くん、お願いやめて！　その空回《からまわ》りっぷりが私とかぶるからやめて！

でも、そうしてめげずに行動しているだけ、亜耶はすごい。

今日同じクラスになったばかりの人にもすでにヤンキーじゃないかと恐れられているし、話しかけないでオーラにおびえて声もかけられない。こんなチキンなくせに、クラスにいい空気を作ろうなんておこがましいことを考えていた自分が、恥ずかしくなった。

朝は今日からまた一からはじめようとすごく前向きな気持ちでいたはずなのに、その気持ちは一時間目の授業がはじまる前にすっかりしぼんでしまった。悠里のために、そして自分自身のやり直しのために、今度はもっと大切にみんなとのいい関係を築いていきたいのに、その一歩を踏み出すための足場が見つからないのだ。

授業のあいだの十分休憩に教室を出て、とぼとぼと廊下を歩いていた双葉は、前方に変な服を着た背の高い教師を発見した。大きな猫の足あとがついていて「にゃーにゃーブラザーズ」と文字が刺繍《ししゅう》してあるトレーナー。田中先生だ。あの格好はもう絶対、田中先生だ。

と、田中先生が持っていた教材の束からひらりと一枚のプリントが落ちた。

「先生、落ちたよー。プリントー」

「ん？　あー吉岡、わるいわるい、サンキュ」

田中先生に「いいえー」と答えながら拾ったプリントを渡そうとして、太いゴシック体で書かれた題字に目がとまった。『リーダース研修』。その下には説明文や日程表も載っている。

「先生、リーダース研修って何ですか？」

「あ、それはね、学級委員とイベント委員が参加するやつ。行事の企画とか運営についての講習会」

双葉のクラスでは、各委員の選定は明日のホームルームに行うことになっている。学級委員はその通りだが「イベント委員」というちょっと聞きなれないこの委員会は、文化祭や体育祭、その他各行事の執行部となって、学級委員と一緒にクラスを引っぱっていくのだそうだ。

「へー、こんなのあるんだ。わ、しかも泊まりがけ」

「うちの高校は今年から始めるんだよ。ま、研修会って言っても何も堅苦《かたくる》しいことはしないけど。この研修の目的って、まず学級委員とイベント委員の結束を強めることだから」

へえ？　ピンとこなくて眉を上げると、田中先生は穏やかな声で続けた。

「そうすると、結果的にクラス全体がまとめやすくなるんだよ」

「そういうもんなんですか？」

「バラバラのものをまとめるには順序が必要ってことかな。いっぺんにやるより、はるかにまとまりやすいよ」

「なるほどー」

こくこくうなずきながら、プリントを見てみる。記載されたリーダース研修の日時は、五月の連休の最初の三日間。場所は『青年の家』だった。

「どう？　やってみれば！　学級委員か、イベント委員」

「やー……先生、人には適材適所ってのがあって、私にはクラスのみんなを巻きこんでどうにかするなんてのは……」

朝の短時間でさっさと思い知ってしまった。悠里のためにクラスにいい空気も作れない自分、きつく見えるらしい自分、修子に声をかけられない自分、そういう自分がなさけないと思いながらじっと椅子に縮《ちぢ》こまっている自分。本当に、かっこ悪い。

学級委員やイベント委員、そういうのにふさわしいのは、もっと人から信頼されていろいろなことがうまくできる人だ。そう——たとえば、攻撃的な言葉をむけられても、腹をたてるでもなく清々《すがすが》しく受け流して、いつの間にか攻撃してきた人まで笑顔にさせてしまうような。

「……洸みたいな、社交的な人ならむいているのかもしれないけど」

田中先生は「洸が？　へー」と意外そうに呟いて、双葉に笑いかけた。

「でも吉岡もむいてると思うけどな。明るいし、元気だし、度胸《どきょう》もありそうだし」

「いやー……」

先生、ごめんなさい、それ全部ただのハリボテなんです。ほんとは私、チキンなんです。

「まあさ。高校生活なんてあっという間に過ぎてっちゃうんだから、今しかできないこと、何でも思いっきりやんなさいな」

田中先生は洸とよく似た茶色の目をやさしく細めて「じゃあ、考えてみてよ」と手をふりながら、廊下のむこうに歩いていった。

今しかできないことを、思いっきりやんなさい。意識の半分で授業を聞きながら、もう半分では田中先生の言葉を考えていた。思いっきり、できたらいいと思う。できるような自分になれたら、と思う。

でも私なんて女子に嫌われたくないばっかりに必死に演技してただけだし、クラスが変わった今ではまた最初から関係をつみあげていかなくちゃいけなくて、それだって初日からつまずいてしまった。田中先生が言ってくれたような、明るくて度胸のある人間になりたいけど、本当の自分はこんなになさけないやつで、なりたい自分になれる気がしない。

やがて放課後になって、こらえようとしても気がつくと出てしまうため息を何度もつきながら電車にゆられ、自宅の最寄り駅で降車した。今朝はあんなに一からはじめるんだとはりきっていたはずなのに、結局何もできないままこうして帰ってきた。ほんとなさけない、私。

「暗っ！」

いきなり背後からかかった声にふり返り、双葉は「洸……」と驚いた。

同じ電車に乗っていたんだろう。ズボンのポケットに手を入れた洸は印象的な目を細めた。

「じめじめオーラ振りまきながら歩いてんなよ。まだ梅雨《つゆ》でもねえんだし」

「ほっといてください……」

「ほっときてーけど俺だってこっち方向なんだよ」

そこで洸の通学鞄《かばん》から「ブーブー」とくぐもった音が響《ひび》いた。携帯電話のバイブレーションだ。「ん？」と洸は携帯電話をとり出して耳に当てた。

「おー、どした？　あ、ほんと？　じゃ明日持ってきてくれんだ？　サンキュ、じゃあなー」

短い会話のあとにいったん通話を切り、洸はまた誰かに電話をかける。

「あ、涌井《わくい》？　今星野《ほしの》から電話あってさ。……そーそー。んー。ほーほー」

人の電話を聞くのは悪いだろうが、耳をすまして双葉は愕然《がくぜん》とした。涌井って。星野って。

(どっちも同じクラスになったばっかの人じゃん)

まだ新学期の初日なのにそんなに仲良くなったの？　なんかもうすごくなじんでない⁉　洸は「えー、あいつそんなこと言ってたん？　ハハハ」などと電話のむこうのクラスメートと楽しそうに笑っている。それを見ていると、なんだか余計に自分がなさけなくなってきた。

「いいなー……私なんか、おっかない人認定されてみんな警戒《けいかい》しまくってるし……」

どうせ、電話に夢中の洸にはこんなひとり言は聞こえないだろう。実際洸は「ははっ、まじかー。ウケるな」なんて携帯電話を耳に当てて笑っている。

「サバサバ、がさつ、きつい、怖い。なんだこりゃ、私ってどんなだ……」

「ハハっ、でも俺はおまえが、実はうじうじしたやつだって知ってるけどね」

びっくりすると、携帯電話をパチンと閉じながら洸が唇《くちびる》の端を持ち上げた。聞かれてた、と恥ずかしくなる。しかも、うじうじしたやつって言われても……。

「……それ、何のフォローにもなってないよ」

「は？　おまえのフォローなんてするつもりないし」

ちょっと傷ついてまた気分が落ちこむ。「でも」と洸は幾分《いくぶん》声をやわらげて続けた。

「それだっておまえの全部ってわけじゃないのも知ってるけど」

肩をならべて歩き出した洸の横顔には、ほのかに、やさしい笑みが浮かんでいた。

「そ……そうかなー」

「一からやり直すとか言ってたのに、初日でそれかよー」

しょうもねえな、とあきれたように洸がため息をつく。……でも、だって。

「初日で自分の非力さを思い知っちゃったんだよ。今度こそ仕切りなおす気満々だったのに、私からじゃ無理っぽいし……誰かがクラスの雰囲気《ふんいき》をいいほうに持ってってくれるといいな」

そう、みんなに信頼されて、誰かが孤立したり、怖がられたり、気まずくなったり、そういうことがないように引っぱってくれる人。たとえば――洸みたいな。私じゃ、到底《とうてい》そんなことはできそうにないから。

「――ま、いんじゃね？　おまえがさっそくくじけても、別に誰も困んねーし」

それまで歩調を合わせてくれていた洸が、急に声音《こわね》を冷たくして、双葉から離れた。一からやり直すなんて大きなことを言っておきながら、初日からもう弱音を吐いている自分を鏡で見せられたような気がして、双葉はきゅっと唇を嚙《か》んだ。

「それと同じで、おまえが諦めなくても誰も困んねーけど」

続きの言葉は春の風にのって静かに耳に届いた。肩ごしに茶色の瞳が顧《かえり》みる。

「だってまだ何も始まってねえんだし。おまえの好きにすればいいじゃん」

じゃあな。小さく手を上げて歩いていく洸の背中を、双葉は立ちどまったまま見つめた。

やさしいかと思えば冷たくなって、近づいたかと思えば離れていく。今の洸はまるで一瞬で色を変えていく万華鏡《まんげきょう》みたいで、どれが本当なのかわからない。

でもそう、それでも洸はいつだって、まちがったことは言わないんだ。

まだ何も始まってない。私はまだ、始めてもいないんだ。

*

予告されていた通り、翌日の帰りのホームルームは各委員を決める話し合いが行われた。

「誰も立候補いないのかー?」

教卓に立った担任教諭の声には、少しうんざりしたような響きがまじっている。最初に学級委員を決める段階で、誰も立候補者がいないままもうずいぶん時間がたってしまったのだ。

「消極的なクラスだな。早く決めないと帰りがどんどん遅くなるだけだぞー」

えー、うえー、と教室のあちこちから声があがって、先生がため息をついた。

「先生のほうが『えー』だよ。誰かいないのかー」

廊下側の列の一番後ろの席で、双葉は机に目を落としていた。膝《ひざ》の上の手をそろっと動かしてみるけれど、途端になんだか足のすくむような気持ちになって、また戻す。

『おまえの好きにすればいいじゃん』

そう、私の好きにすればいいんだよ。私はどうしたいの？　どうしたい？

変わりたい。

ひとりぼっちになった中学生の時も、変わりたいと思った。もうこんなふうに嫌われたりしない自分に変わろうと思った。でも必死になるあまりにいつの間にか大切なことを置いてけぼりにしていて、今度はもっとちゃんと、一からやり直したいと思った。

そのために私は変わりたい。こんな時に誰かがどうにかしてくれるのを待って黙る自分、すぐに傷ついて諦めようとする自分、それを変えたい。

新しく何かを始めようとするなら、動き出すための力がいつもより必要になるのは当たり前だ。怖いのも、私なんかじゃダメなんじゃないかって足がすくむのも、当たり前なんだ。

でもきっと、勇気を出して踏みだしたその先に、なりたい私がいる。

「おー、吉岡やるか？」

先生が眉を持ち上げて言うと、教室のあちこちから小さなざわめきが起こった。頭の高さに手を上げた双葉は「はいっ」とうなずいた。

「ほかに立候補いないかー？　……いないな。じゃー女子の学級委員は吉岡に決めるぞ。じゃ吉岡、進行頼むわ」

「はい」

椅子から立って、机と机のあいだの通路を教壇へむかって歩いていく。鼓動《こどう》が速い。息を吸って心臓を落ちつける。私は、始めたい。

教卓に立つのなんて初めてで、教室にいる生徒全員の視線を受けると、胸が痛いくらいに緊張した。双葉はもう一度息を吸って喉《のど》を整えた。

「はい、ではー、とにかく男子の学級委員を決めたいと思います。誰か立候補いませんかー」

呼びかけてみても手を上げる人はおらず、気まずい沈黙が教室をおおった。たまたま前の席の男子と目が合ったが「やべっ」という感じですぐに下を向かれてしまった。ほかの男子たちも窓のほうをながめたり、机をじっと見つめたりしている。

「立候補、いませんかー⁉」

自分の声だけが静まり返った教室に響き、言いようもなく居心地が悪かった。なんだか自分一人だけがはりきっているみたいで、ここにいるのが恥ずかしくなってくる。

だけど、くじけるのはまだここじゃない。

「私と一緒に、このクラスを盛り上げてってくれる人、お願いしまーす！」

まだ始まっていない。始めてもいない。今はただ、一生懸命やるだけだ。

その時だった、教室の後ろのほうから低いハスキーボイスが聞こえたのは。

「俺、やってもいーよ」

生徒たちがいっせいに廊下の後ろ側の席をふり返った。双葉も驚いて、彼を見つめた。

先こされ
ちった…
か
?
異議《いぎ》あり？
なし？

顔の横くらいの高さに手を上げていた洸は、少し眉をよせた。

「異議あり？　なし？」

「……あっ、ほかにいなければ、馬渕《まぶち》くんに決定します。みんないいですか？」

パチパチと軽めの拍手《はくしゅ》が教室のあちこちから起こった。

「じゃあ、馬渕くんも前に出て、一緒に進行お願いします」

洸がんばー、と近くの席の男子たちに声をかけられながら、洸は遅くすぎも速すぎもしない歩調で教卓に歩いてきた。まだちょっと信じられなくてとなりに立った洸を見つめていると、

「何だよ」

「え、いや……」

なんとなく洸はこういう目立つことが好きではないように思っていたから驚いてしまった。でもさっきまでひとりぼっちだった場所に、今は洸がいる。それはとても――心強かった。

「あ、ありがと……」

小声で言うと、ちらりとこちらを見た洸は、小さく鼻を鳴らした。

「バーカ、俺はこんなのさっさと決めて早く帰りたいだけだっつの。残りもチャッチャと決めるぞ」

そして正面に向きなおった洸は、ひそひそ声から一転、大きく声をはりあげた。

「次、イベント委員三人ーっ、誰かやんねー!?」

「はい」

子猫の鳴き声みたいに小さくてやわらかな声だった。教室にざわめきが起こった。

「わ……私、やります」

生徒たちに注目されて頬を赤くしながら、肩の高さに手を上げた悠里は言った。

「やってくれる⁉　ありがと、助かるよーっ」

洸に続いて悠里も。さっきまでの心細さが嘘《うそ》みたいにうれしくなって、双葉は笑いかけた。

「最初に説明あったけど、イベント委員とうちら学級委員は、リーダース研修ってのがあるけどそれも大丈夫？」

「もちろん大丈夫っ」

悠里は胸の前にきゅっと両手を握って、にっこり笑う。うん、そのポーズはいかにもアレだけど、それが槙田《まきた》さんだもんね。確かに似合ってるしね。

「……ねー全然いい子じゃない？」

「うん、若干《じゃっかん》動きは気になるけどいい子だよねー」

そんなひそひそ声が聞こえてきた。しゃべっているのは、昨日悠里のことを「ハブられてたんだって」と噂《うわさ》していた女子の二人だった。よかった、と双葉はほっとした。悠里に対する印象が変わっている。悠里が自分でそうしたのだ。

しかし、胸中穏やかでない人がどうも一名いたようで。

「……ちょっと待って、何そのリーダース研修って……」

えらく重々しい声に「え⁉」と双葉はとなりの洸を見た。

「最初の先生の話聞いてなかったの？　ゴールデンウィーク中に泊まりがけで行くんだよ？」

「……超～めんどくせー」

洸が心底嫌そうな顔をするので、双葉はあわてて洸の袖《そで》をひっぱった。「今さら学級委員おりられないからねっ⁉　そんなことされたら今のこの流れ全部ムダになる！」と釘を刺《さ》す。

「ていうか、そういうの田中《たなか》先生から聞いてないの？　田中先生、その研修の引率じゃん」

洸は顔に水でもかけられたように目を剝《む》いた。次にすごい形相《ぎょうそう》で睨《にら》まれて、びくっとする。

「な、なんすか。私、何かした？」

「それ知ってたら、ぜったい学級委員なんてならなかったのに……」

ああ、確かにお兄さんと一緒にって微妙かも……。と思っていると、生徒たちが激しくどよめいた。なに？　と正面に顔を戻した双葉は、信じられないものを目撃した。

「村尾さん……？」

村尾修子が、手を上げているではないか。ちゃんと頭の上までまっすぐに、それはもう高々と。そしてクールな顔つきのまま、ガラスをはじくような声ではっきりと宣言した。

「イベント委員、やります」

マジか⁉　あの一匹狼、村尾が⁉　と教室はもうざわざわしっ放しだ。双葉も意外すぎて

「い、いいの？」と念を押したが、修子はこくりと寡黙《かもく》にうなずいた。

（――ときたら、次は……）

「はいっ、俺も‼　イベント委員やりまーす‼」

椅子を鳴らして立ち上がったのは、ふわふわ頭の小湊亜耶だ。洸が「立たなくていいし」と言ってもまったく聞かずに「ほらそこ、早く名前書いて！　小湊亜耶！」と亜耶は黒板を指さす。双葉はチョークで黒板に各委員の名前を書きこんだ。

『学級委員　馬渕洸　吉岡双葉』

『イベント委員　槙田悠里　村尾修子　小湊亜耶』

同じクラスになったばかりの人たち。まだちゃんと話もしていない人たち。

だけどまずは、この人たちと始めるんだ。

しかし、それにしても――

「ん？　あんだよ、何か言いたいのかよ」

視線に気づいた洸が眉をよせ「や、なんていうか……」と双葉はぼそぼそ呟いた。

なんていうか、濃いメンバーだなぁ……。

第3章

1

体中の細胞がひらいていくような気持ちのいい日射しと、炭酸水みたいにさわやかな風。五月の大型連休の初日は、何かいいことが起こりそうな気分になるまっ青な晴れ空だった。

「もしもし、洸《こう》？　ちゃんと起きた？　支度できた？」

『……二回も電話してくんなよ。小学生じゃねえんだし』

「まだ支度できてなかったらすぐにやってよ。迎《むか》えにいくから」

『は？　迎えとかいらねえって』

「ていうか今、洸んちの玄関だけど」

『────は？』

耳に当てた携帯電話のむこうでどたどたと移動する足音がして、それが電話を当てていないほうの耳にも聞こえてくると、目の前の焦《こ》げ茶色のドアが内側から勢いよく開いた。

ぼさぼさ頭の洸は、携帯電話を耳に当てたまま二秒間、無言で双葉《ふたば》を凝視した。

「……わざわざ家にまで来なくたって大丈夫なのに。てかなんで家の住所……」

「田中《たなか》先生から聞き出しといたの。最初に電話した時も思いっきり寝起きっぽかったし、寝ぼけた感じのまま電話切っちゃったから、あのまま二度寝しちゃったかもって心配に……」

と、言っているそばから洸が顔を横にむけてあくびをした。服はまだTシャツとスウェットの下だし、ほっぺたには寝あとがついているし、髪だって寝ぐせだらけだ。

「ほら――――っ！　寝てたろ⁉　今起きたんだろ⁉」

「うっせ。早朝だぞ、ご近所さんに迷惑だろ」

もう集合時間までそんなに余裕はない。「ほら早く！」と急かすと洸は面倒《めんどう》くさそうにのろのろと動き出し、双葉のことは「何か適当に飲んで待ってな」とキッチンに通した。

「家の人は？」

「親父は今出張中」

「ふーん、そっか」

じゃあ今は二人だけなんだ。と思った瞬間、頰《ほお》が熱くなった。――なに意識してんの私！

「じゃ、じゃあコーヒーもらっていい？」

「あーあるなら飲めば？」

シンクのそばの食器かごに湯のみがあったので、それを使わせてもらうことにした。たっぷりと大ぶりの白い湯のみは、父親のものかもしれない。戸棚にあったインスタントコーヒーの中身を入れて、ポットはどこだろうと探す。人の家はどこに何があるのかわからない。

ふと人の気配を感じた。キッチンの入口をふり返った双葉は硬直した。

「ギャ――――――――――ッ!!」

洸が上半身に何も着けないまま立っていた。「なんでハダカーっ⁉」と顔を隠しつつ、ついつい指に隙間《すきま》をあけて見てしまっていると、洸は無言で近づいてくる。制服を着ている時は華奢《きゃしゃ》に見えたのに、すらりとした腕や余分なふくらみが一切ない腹には引きしまった筋肉の線がきれいに浮き出ていて、どきりとした。目の前まで洸が迫ってきてパニックになる。

「や、ちょ……私、そんなつもりで家にあがったんじゃないからっっ！」

「バッカじゃねーの？」

へ？　洸はあっさり双葉の脇を抜けて、ガス台の下の戸棚を開いた。

「誰がおまえなんか襲《おそ》うかよ、今からシャワー浴びんの！　で、うち電気ポット使ってねーから、これな？　やかんな？」

ゴン、とガスコンロの上に赤いやかんを置かれて、顔じゅうが熱くなった。勘違いしちゃった。超絶恥ずかしい――って、ん⁉

「今からシャワー⁉　そんな優雅なことしてる時間ないよっ？」

「たいして時間かかんねーから大丈夫だって」

「じゃあ早く浴びてきてよ！　のんびりすんなっ！」

「いってーなー」

時間がないのに全然あせっていない洸の背中をぐいぐい押して、またどきんとした。女の子とは違う、ふれたものをはね返すような筋肉。なめらかな皮膚《ひふ》の下に硬く隆起《りゅうき》した骨。

ほてる頬に手を当てながら赤いやかんを火にかけて、カタカタとふたが震えてから、湯のみにお湯を注いだ。双葉はコーヒーはブラック派だ。テーブルに腰を落ち着けて、黒に近い茶色の液体を一口飲んでから、あれ、と思った。

(このコーヒー、全然香りがしないな)

妙に思ってコーヒー瓶《びん》のラベルを見ると、賞味期限が半年も前に切れていた。洸も含めてこの家の人間はあまりコーヒーを飲まないのだろう。……ていうか、私のおなか大丈夫か?

「んー、準備できたー」

洸がキッチンのドアから顔を出した。ジーンズにTシャツ、上着にパーカの格好《かっこう》だ。

「あ、うん。って本当に支度早いな」

「だから言ったじゃん。じゃ行くぞ」

「あ、待って!」

使わせてもらった湯飲みをあわてて水洗いし、双葉は洸に続いて玄関を出た。

「洸、もっと本気出して走って!　間に合わないよ!」

「……ほんっと信じらんねえ」

大型連休初日の駅はかなりの混みぐあいで、人と人の隙間を縫《ぬ》いながら、双葉はホームめざして全力で走った。後ろをついてくる洸が、息を切らしながら低い声で続ける。

「俺んちに鞄《かばん》忘れるとか、あり得ねえだろ」

着がえなどを入れた鞄を洸の家に忘れてきてしまった、と気がついたのは、すでに洸の家から最寄りの駅に到着したあとだった。なんだかやけに手が軽いな、とふしぎに思ったところで「あっ！　鞄忘れた！」と気がついて洸の自宅まで大急ぎで戻り、いま鞄を持ってまた駅まで走ってきたのだ。

「せめて家出てからすぐに気づきゃいいのに、駅に来てから思い出すって、アホか」

「う、ごめーん！」

そんなことを言い合いながらホームへ続く階段を駆けおりると、もう電車は到着して乗客が車内に乗りこんでいた。

「あっ、洸！　電車もう来てる！」

「あーもう無理じゃね？　次ので行こうぜ」

「諦《あきら》めてんじゃないよっ！　時間ギリギリなんだから！」

もう走りたくなさそうな洸の腕をひっぱって、双葉は必死に階段を駆けおりた。これをのがしたら遅刻しちゃう！　車内にとびこんだ途端にプシューと空気音を立ててドアが閉まり『駆けこみ乗車はおやめください』と車掌《しゃしょう》さんのアナウンスが入った。

「ここから集合場所まで三十分だから……あ、なんとか間に合いそー」

「……おい、これ逆方向に走ってね？」

……え⁉　ドアの窓ガラスに顔を近づけると、西の方角へ流れていく風景は、毎朝学校へ行く時に見るものと同じだった。『青年の家』には、反対方向の路線に乗って三駅むこうのターミナル駅に一度集合し、そこからバスで向かうことになっているのに。

「わあ、しまったー‼　いつもの学校方面のに乗っちゃったーっ‼」

「しかもこれ、快速急行だからしばらく停《と》まんねーし」

「やだどうしよう⁉」と袖《そで》をひっぱっても「いやどうしようもねーし」と洸は冷静で、その通りどうしようもないので、四つ駅を越えてやっと停車したところで電車を降りた。駅のホームで電話をかけてみると『双葉ちゃんっ？』と悠里《ゆうり》はすぐに出た。

「わーん、ごめん悠里、電車乗り間違えてさー」

『みんなもう集合してバスも来てるよー？　双葉ちゃんと馬渕《まぶち》くんのこと待ってたの』

悠里から引率の先生に事情を伝えてもらい、どうしたらいいか指示を仰《あお》ぐと『しおりの地図を見ながら現地まで来なさい！　そんな山奥なわけじゃないから大丈夫だろ！』といたくご立腹の返事だった。これは到着したらお説教だ……。

「ごめん、洸……直接現地に来いってさ」

「あーいいよ。俺も集合場所ちゃんと確認してなかったし」

洸は、ホームのすみに設置された自販機の前にいた。洸が口に運ぶ、ブラックコーヒーの缶《かん》を見て、あれ、と双葉は目をまるくした。

「洸ってコーヒー飲むの？」

「は？　飲むよ？」

でも洸の家のキッチンにあったインスタントコーヒーは、賞味期限が半年も前に切れていた。コーヒー好きなら賞味期限が切れる前に買い足すだろうに。

「電車来るまであっちに座ってようぜ」

コーヒー缶を自販機の脇にあるゴミ箱に入れて、洸がベンチのならんだほうへ歩き出した。

「あ、うん」と双葉も続いて、小さな違和感は忘れてしまった。


「なんかここまでですでに疲れたねー」

電車に乗りこむと、となりに座った双葉がため息をついた。確かに朝っぱらから走って疲れてしまった。洸は端の座席の横にある、銀色のポールに頭をもたせかけた。先ほど乗り間違えた電車は混んでいたが、こちらの電車には乗客もまばらで、とくにこの車両には洸と双葉しか乗っていない。

電車が刻むゆるやかなリズムは、どこか心音に似ている。窓からさしこんだ日射しが背中に当たって暖かく、眠気が睫毛《まつげ》のあたりにふわふわと漂った。昨日も家に帰ったのは日付が変わった頃で、あまり眠っていなかったのだ。

「あ、洸、寝てていいよ。着いたら起こしてあげる」

うつらうつらとしていると、となりで双葉が言った。ちょっと考えて、頼むことにする。本当に今は眠たかった。

「んじゃ悪いけど頼むわ」

「まかせてー」

日除けにパーカのフードをかぶり、腕を組んで姿勢を安定させる。まぶたを閉じると、すうっと深い水の底へひきこまれていくような心地がした。

――しかし三分もたたないうちに。

「……ほんっと信じらんねーな」

さっきも呟《つぶや》いた気がする台詞《せりふ》をくり返して、洸は目をあける羽目《はめ》になった。双葉は洸の肩に頬を当てて、気持ちよさそうに寝息をこぼしている。

これじゃ俺のほうが起こしてやんないとダメじゃねーかよ。「まかせて」って言っといてなんだこりゃ。顔をしかめた洸は、ふと、双葉の目の下の皮膚《ひふ》にうっすらと浮くクマに気づいた。

こいつも昨日はあまり眠れなかったのかもしれない。行事の前の晩に眠れないって、遠足前日の小学生か。今朝だって人のことを心配して二回も電話してくるし、わざわざ家まで様子を見に来るし。ほんとお節介だ。

窓からさしこむ初夏の光が、無防備に眠る双葉の睫毛《まつげ》を薄茶色に透《す》かしていた。なだらかな丘のように曲線を描くまぶたが、ときおり、小さく震える。

こんなに晴れた日なのに、ふっと雨のにおいが鼻腔《びこう》をかすめた。

灰色の空から降ってくる通り雨は、銀色の糸のようだった。神社の瓦《かわら》屋根が濡《ぬ》れて光っていた。少し離れてたたずむ双葉は、緊張したように長い睫毛をふせている。何か話しかけたいのに、気の利いた言葉が浮かばなくて、じれったくて、結局つまらないことを言った。

――急に降ってきたよね。

――うん。

肩をこわばらせて、記憶の再生を無理やり断ち切った。四年分おとなびて、きれいになった双葉から顔をそむける。――いらない。

もういらないんだ、そういうのは。

＊

合宿所である『青年の家』は、都心から離れた山のふもとに建つ、自然豊かな場所だ。

「ったくおまえらは～！　小学生じゃないんだから電車の方向くらい乗る前に確認しなさい！

おまえたち二人のこと待ってみんなの出発も少し遅れちゃったんだからな！　今後はこういうことのないように！」

遅刻した双葉と洸が『青年の家』に到着すると、副引率の田中先生が玄関で待っていて、そのまま正引率の先生のところへつれていかれた。ご立腹の先生の前でひたすら「すみません」と縮《ちぢ》こまり、田中先生も一緒に謝ってくれたからか、お説教はそれほど長引かずに終わった。

「じゃあ、もういいから昼食にしなさい。みんな食堂に行ってるから」

リーダース研修の三日間、『青年の家』では学校指定のジャージですごすのが決まりだ。割り当てられた部屋で私服からジャージに着がえた双葉は、洸と落ち合って食堂にむかった。六人掛けのテーブルと、学校で使っているような簡素《かんそ》な椅子がならんだ食堂では、各学年の学級委員とイベント委員が、クラスごとに分かれて昼食をとっていた。

「あっ、来た！　こっちこっち！」

カウンターで今日の昼食のメニューをトレーにのせてもらい、みんなはどこだろうときょろきょろしていると、食堂の奥の席で亜耶《あや》が手をふった。声がよく通って、明るい茶色のふわふわした髪が目立つ亜耶は、こういう時に助かる。

「もー、学級委員がそろって遅刻なんて、俺ら超肩身せまかったんだぞー？」

「うん……ごめんね。悠里と村尾《むらお》さんも、ほんとごめん」

双葉は悠里のとなりに、洸は亜耶のとなりに腰をおろした。男子と女子でむかい合って食事をする形だ。悠里は「大変だったね」と笑ってくれたが、悠里をはさんで座っている修子《しゅうこ》は、黙々とおかずを口に運んでいた。やっぱり村尾さん、クールでちょっと愛想がない。

「洸と吉岡《よしおか》」

ごはんを食べていると、田中先生が双葉たちの席にやってきた。珍《めずら》しいことに今日の服は胸に青いストライプがはいったポロシャツで、あんまり斬新《ざんしん》でない格好だ。

「今回の遅刻の件は反省文を書かせるからな。今日の消灯までに提出しにこいよ」

「えー……」

「えー、じゃないの。わかったな？」

田中先生はまだ仕事があるのか、そのまますぐに食堂を出ていった。反省文かぁ、でも田中先生にも謝らせちゃったしな……、とため息をついていると、むかいの席の洸も箸《はし》でおかずのコロッケをつつきながら息を吐いた。

「ったく何だよ、反省文って」

「……馬渕くんが問題起こすと田中先生にも迷惑かかるんだから、もっと気をつけたほうがいいと思うよ」

双葉は驚いて修子を見つめた。自発的にはめったに口を開かず、いつも周囲のことには我関せずの修子が、こんな注意をするなんて。洸は「あー」と呟きコロッケを口に運ぶ。

「あいつは、いーのいーの。俺は俺だから関係ないし」

「関係ない人に頭さげさせるんだ？　ガキ」

洸をにらむ修子の目つきは五月に吹雪《ふぶき》を呼びそうだ。「——じゃなくて、クソガキ」

なんで村尾さん、そんなに田中先生のことで怒るんだろう……？

洸が「なんだ、こいつ」というように顔をしかめた。空気が不穏になる。「まっ、まーまー村尾さん、食事中だしさあ！」とあわてて双葉はとりなした。

「あっ、そういえばさ、村尾さんがイベント委員を引き受けてくれたのには驚いたよー。こういうの好きなの？」

本当に、修子が委員に立候補した時には教室中がどよめいたものだった。イベントが好きなら、そういうところから話をつなげて打ち解けたいと思ったのだが、修子はただひと言。

「別に」

村尾さん、コミュニケーションという言葉をご存じかな⁉

「こんな協調性のないやつが人には一丁前に説教すんだな」

洸が意地悪く噴《ふ》き出すと、テーブルがドンと叩かれた。もちろん、修子大好きの亜耶だ。

「女の子にそういう口のきき方すんなよっ」

洸はツンとして小鉢のほうれん草のおひたしを口に入れ、亜耶は横からまだ洸をにらみ続ける。悠里がおろおろと二人を交互に見て、双葉は「ちょ、ちょっと空気悪いよみんな〜」と必死に笑顔を作って言ってみたが、気まずく硬化した空気はなおらなかった。

「ごちそーさん」

と洸が最初に腰をあげて、次に修子が「ごちそうさま」と立ち上がった。するとすぐに亜耶も「ごっそさん！」とトレーを持って席を離れ、双葉と悠里だけが残ってしまった。

「双葉ちゃん……がんばろうね」

きっと気遣《きづか》ってくれたんだろう、悠里がきゅっと両手を胸の前で握って笑った。双葉も「うん」と弱く笑い返したが、先行きが不安でため息がもれる。初日からすでにみんなバラバラ。こんな調子で大丈夫なんだろうか。

昼食後の休憩時間も終わり、午後。リーダース研修の最初のカリキュラムは、クラスごとのグループディスカッションだった。引率の先生たちから提示された『学校行事の意義とは？』というテーマについて学級委員、イベント委員で自由に話し合うという内容だ。

グループディスカッションの場所は特に指定されておらず、双葉たちのグループは庭に置かれた木製のテーブルに席をとった。その周りでも、木陰《こかげ》に集まっているクラスや、緑の芝生《しばふ》のまん中で輪を作っているクラス、生徒たちが思い思いの場所で話し合いをしている。

「えーと、誰か発言ない？」

どうしたことか時間になっても洸が現れないので、女子の学級委員である双葉が進行役になって話し合いを進めることになった。けれども。

「村尾さんは？　何かない？」

「別に何も」

「悠里は？」

「えっと……えっと……」

「じゃ小湊《こみなと》くんは？」

「消灯十時って早すぎだろ、寝れないってー。あ、ねーねー、明日はオリエンテーリングあるよー。何すんだろうな」

修子は研修のしおりすら見ずに文庫本を読んでいるし、悠里はなかなか意見がまとまらないようでもじもじしているし、亜耶は発言数は多いがまったく関係ないことばかりだ。話し合いは全然進まず、双葉は頭を抱えてしゃがみこみたい気持ちになった。

「村尾さん、今は本じゃなくてしおり見て。悠里も思ったこと遠慮なく言ってみて。あと小湊くん、今話し合ってるのは『学校行事の意義とは？』だから。ちゃんとうちのグループの意見まとめておかないと、夜の全体研修の時に発表させられるかもしれないんだからねっ」

「そんな必死になんなくても、当てられたらその時適当に答えれば大丈夫だって」

あくびまじりに言いながら、洸が芝生を歩いてきた。

「どこ行ってたのー⁉　とっくにグループ会議始まってるよ⁉」

「あー、わり。部屋で寝てた」

「はーっ⁉　ちゃんと時間は守ってよ。小湊くんも同じ部屋でしょ、なんで起こしてあげなかったのさー」

「俺、馬渕のお世話係じゃないゾっ」

ぷーっとふくれた亜耶はそっぽをむいて足をぷらぷらさせ、一度は本を閉じた修子はまた開いてしまい、洸はまたテーブルにつっぷして居眠りを始めるし、悠里は一生懸命考えてくれているみたいだけどやっぱり恥ずかしがってなかなか口を開かない。周りのクラスはけっこう話がはずんでるのに、どうしてうちのグループだけこうなの？　とまたため息がもれる。

確かに夜の全体研修で発表させられるとは限らないが、それでもやっぱりグループの意見はまとめておかないとダメだ。双葉はしおりを開き『学校行事の意義とは？』というタイトルを、トントンとシャーペンの先でつついた。

体育祭、文化祭、修学旅行など、今までたくさんの学校行事に参加してきたが、意義なんて考えたこともなかった。何だろう。……楽しい思い出、とか？

「みんなそろそろ意見まとまったかー？　終わったチームは夕飯まで自由にしていいよー」

自由時間!?　悠里も、亜耶も、居眠りしていた洸や本を読んでいた修子までが、ぱっと顔を上げた。みんなディスカッションよりは自由時間が好きだし、もちろん双葉だってそうだ。

(とりあえずこんな感じで書いとけばいいかな)

早く終わらせないと自由時間が短くなってしまう。思い浮かんだことをあわてて書きこみ、しおりを閉じた。たいしたこと書いてないけど、大丈夫だよね。当てられるって決まったわけじゃないし、一応がんばって考えたんだし。

「なあ、ボール借りてきたからみんなでバレーしねっ？」

遊ぶことに関しては行動のすばやい亜耶がボールを頭の上にあげて手をふり「やろやろー！」と双葉は悠里と一緒に駆け出した。


夕食がすんだあと、各クラスの学級委員とイベント委員は講義室に集められた。先生からの学校行事に関する講話を聞いたあと、グループディスカッションの発表会となる。

『――で、こういった年間行事があるわけですが、リーダーがクラス全体の雰囲気《ふんいき》を作っていかなくてはならないわけで……』

マイクを持った先生は、ホワイトボードに書かれた行事名を順に指していく。ホワイトボードにはほかにも『リーダーの資質』という項目があって、そこには『決断力』『積極性』『責任感』『コミュニケーション能力』などと細かい内容が羅列《られつ》されていた。およそ今の自分らにはないものばっかりなんですけど……、と双葉は何やら申し訳なくなった。

『ではー、今日の午後に学校行事の意義について各グループ、自由について話し合ってもらったと思いますが――じゃあそうだな、まず三年一組、発表して』

先生に当てられて、最前列に座っていた三年生の男子が「はい」と立ち上がった。

「学校行事の意義は、参加することによって社会性が身につけられ、また学業以外での個々の能力を発見、発揮《はっき》できる場でもあり――」

（わー、ちゃんと答えてる）

さすが三年生だ。高尚《こうしょう》なことをすらすらと述べて、ホワイトボードの前でそれを聞いている先生も満足げにうなずいている。双葉はちらりと自分のしおりに目を落とした。もしもみんなの前でこんな発表したら、はりたおされそう……。

『じゃ、次は二年二組。「学校行事の意義」について発表してー』

心臓が魚のようにとびはねた気がした。二年二組って、今言った？ ――言ったよね？

（えーっ⁉ どうしよ～！）

もしも当てられた時は双葉が発表することになっていた。でも、こんな内容じゃ無理だ。

『楽しい思い出』

これしか書いていないのだ。それが一番大事だと思ったから。でも、さっきの三年生なんてすごくしっかりしたこと言ってたし、こんなのじゃ――

「おまえ、さっき何か書いてたじゃん。それ言えばいいんだろ？」

頭の中がまっ白になっていると、となりから洸が手をのばして双葉のしおりをするりと取った。しおりをのぞきこんだ洸は、無言になった。

『どうした二年二組ー、発表してー』

マイクを通した先生の声が響く。どうしよう。もっとちゃんとしたこと考えればよかった。

頭がぐるぐるしたままうつむいていると、となりで「はい」と洸が立ち上がった。

「えーっと、学校行事の意義は——学校行事という、集団でしか達成できない日標、目的を設定することで、その集団への帰属意識を高め、それによってみんなが同じ意識となり団結できる。——とかです」

双葉は、ぽかんと洸の横顔を見上げた。……すごい。書いてもいないことを、よくもそんなにすらすらと。

『ん、いいだろう。じゃあ次は——』

「ちょっと待ってー」

椅子に腰をおろしかけた洸が動きをとめ、小さく顔をしかめた。声をはさんだのは、講義室の前のほうに椅子をおいて様子を見ていた田中先生だ。

「今の発表、わかるようでわかんないんだけど、なんで団結することが大事だと思うの？」

「は？　だからそれは、団結すれば一人じゃできないことも、実現可能に……」

いきなりの突っこみにも、洸はまたすらすらとしゃべり始めたが、途中で言葉を切った。双葉のしおりに目を落として、何かを考えるように沈黙する。

（洸？）

どうしたんだろう。心配になっていると「いつか」と洸が静かに口を開いた。

「いつか思い出した時、それを一緒に経験したみんなにとって、同じ温度の『楽しい思い出』

になるように。……です」

それって――双葉は驚いて洸の横顔を見つめた。

田中先生はうれしそうに、にっこりと笑った。

「うん、それもいいね」

『じゃあ座っていいぞー。次は一年一組ー』

小さく息をついて椅子に座った洸は、ちらりと双葉に視線を流した。

「なに驚いた顔してんだよ。おまえが自分で書いたんだろ？」

そう――『意義』なんてあんまりかしこまった言葉でよくわからなかったけど、季節ごとの行事がみんなの楽しい思い出になるといい、それが一番大事だと思って。洸は、それを汲《く》んでああいうふうに言ってくれたのだ。

でも、私は洸みたいに上手な言葉にできなかった。洸みたいに堂々とみんなの前で言えなかった。あせって、わけがわからなくなって、結局洸に頼ってしまった。

――なんでこんなにかっこ悪いの、私は。

*

そういえば反省文を書かなくちゃいけなかったんだ、と思い出したのは悠里とお風呂へ行こうとした時だった。消灯時間までに提出しなければいけないから、今から急いで書かないと間に合わない。

悠里に「ごめん、先に入ってきて」と謝って、双葉は階段のそばの談話コーナーに行った。自販機と、テーブルセットが置いてあり、そのテーブルに着いて反省文の用紙を広げると、ダメだ、と思った。ほんとダメだ、私。遅刻してみんなにも田中先生にも迷惑かけたんだから、自由時間は遊びほうけてないで、これを書かなくちゃいけなかったんじゃん。

何も書かれていない用紙の白さがどんどん気を滅入《めい》らせて、双葉はテーブルにつっぷした。本当にダメなやつ。何もちゃんとできない。

どれほどたった頃だろう。階段をペタン、ペタンとおりてくるスリッパの音が聞こえた。なぜかその気だるげな足音だけで、誰かわかってしまった。

「吉岡？」

低いハスキーボイスが名前を呼ぶ。でも双葉はテーブルに頬《ほお》を当てたまま動かなかった。

「おまえ、もう反省文書いた？」

「……んー……」

「んー、ってキミ」

洸はむかいの椅子に座ったようだった。カサ、と乾いた紙のこすれる音がした。

「まだなんも書いてないじゃん。こんなの適当に書けばいいんだよ」

適当に、といつも洸は言う。でもずっと、私よりもずっと、たくさんのことができる。

「……なんか洸ってすごいよね」

「何が？」

「何でもサラっとやってのけちゃって。私なんて何やるにも必死なのに、それが空回りして裏目にできちゃうし。今朝遅刻したのだってさ……」

あれは完全に忘れものをしたうえに電車まで乗りまちがえてしまった自分のミスで、家まで迎えに行ったりしなければ、洸まで遅刻することはなかったのかもしれない。きっとそうなのだ。のんびり二度寝して、シャワーまで浴びて、でもそうやっていてもギリギリで時間には間に合う、洸にはそういうことができる。前の晩に持ちものや研修の予定を確認して、ずいぶん早起きしたのに、ヘマばっかりして結局は遅刻してしまった自分と違って。

何にもとり乱さない洸、ディスカッションの時には居眠りしていたのにとっさに当てられてもすらすらと発表できる洸、うまく言えないことを上手な言葉にできてしまう洸。

「私も洸みたいになりたい。なんで私にはできないの。くやしい――」

「……くやしがる必要ない」

声は耳のすぐそばで聞こえた。頭のむきを変えると、洸もテーブルに頬を当てていた。目の前に、黒いくせ毛が流れる頭の後ろ。ほんの少し指を上げるだけでふれられそうに近い。

「俺は余裕っていうより適当なんだよ。どうでもいいって思ってるから余裕に見えるのかも。

けどおまえがそうやって落ちこむのは、自分をどうにかしたいって思ってる証拠じゃん」

どうでもいいって思ってるの？　洸。それなのに、なぐさめてくれるの？

洸は、冷たいのにやさしくて、遠いのに近くて、わからなくて、目が離せない。

「だからさあ」

洸がこちらに顔をむけて、あまりの近さにどちらも息をとめた。

唇《くちびる》がふれそうなほど近くに洸の額《ひたい》があり、洸の唇のそばには自分の額がある。そしてお互いの瞳が一線上にならんで、虹彩《こうさい》に刻まれた細かな線まで見える距離で、見つめ合った。

「だから……おまえのはうがよっぽどまっとうだと思うし」

ぱっと洸がまた顔のむきを変えた。双葉も頬の熱っぽさを感じながら、目の前にある洸のうなじを見つめた。そこでくるんとはねたえり足。あのなつかしい、かわいいえり足。

「洸はまっとうじゃないの？」

「……とりあえず適当に合わせてれば問題ないし。いいんだ、俺はこういうので」

見覚えのあるえり足で、知らない人みたいな、さびしいことを言う。

胸の奥がせつなく疼《うず》く。泣きたいような気持ちがこみあげる。

洸、会えなかった三年のあいだに、どんなことがあったの？　洸はそれをどんなふうに受けとめてきたの？

ゆるやかな波をえがく髪に指をからめる。顔をよせて、そっと頭の後ろにキスをする。

知りたい。洸に起きたこと、洸が感じたこと、今思ってることを、ぜんぶ。

「何してんの？」

「な……なんとなく」

なんとなく洸がさびしそうで、からめた指で少しくせのある髪を梳《す》いた。キスをした。この気持ちは何だろう。胸の奥が震えるような。

髪を梳いていた手を、硬くて骨っぽい手に握られた。体を起こすと、洸も同時に起きあがる。目尻の切れた茶色の瞳が、明かりを受けてライオンの目みたいに光っていた。

おまえさ、と低いハスキーボイスが言った。

「おまえさ、俺のこと好きなの？」

好き――

洸のことをもっと知りたいと思うのは、さびしそうな声に胸をしめつけられるのは、好きということなんだろうか。

でも、好きだとして――それは今の洸が？　それとも、洸の中に見てしまう四年前の『田中くん』が？

自分でもわからなくて、ただ握られた手の温かさにどんどん鼓動が速くなる。体温があがる。こうしてどきどきするのは今の洸？　『田中くん』？　そろっと目を上げると、前髪の隙間からなまめかしく光をためた茶色の瞳に見つめられて、息がとまるくらいどきりとした。

俺《おれ》のこと好《す》きなの？

「……ふ、普通そういうの自分で言う⁉　自意識過剰ー！」

恥ずかしくなってついそんなことを言ってしまうと、洸もむっとして手を放した。

「アホか！　おまえが俺に頭とかなすりつけてくるからだろー⁉　俺はおまえのこともう何とも思ってないけど、勘違いさせるようなことしちゃったのかと思っての、確認だよ確認！」

「こ、こっちだって今の洸なんてちっとも好きじゃないもんね！」

ムカッとして言い返してしまってから、双葉は目をふせた。

「……ただ、昔の洸を知ってるから、今の洸が変わったのが気になるっていうか。あの頃の私が納得していないっていうか……」

「変わったのはお互いさまじゃん」

さえぎった声のあまりの鋭《するど》さに、口をつぐんだ。

「俺の中に昔の俺さがすのやめろよ。そういうのマジでうっとうしい」

うっとうしい、という言葉が刺さった。洸は立ち上がりながら冷たい目つきで見下ろす。

「つーか、おまえって前に進もうってフリして、本当は過去にしがみついてるヘタレだな」

絶句しているうちに洸はさっさと背中をむけて、ペタン、ペタンとスリッパを鳴らしながら、廊下の角を曲がっていった。田中先生に反省文を出しにいくんだろう。

（なにあれ……）

ヘタレ、って。確かに過去を引きずっちゃってるかもしれないけど、でも、ヘタレって。

――好きなんかじゃない。

やっぱり、今の洸なんて、絶対に好きじゃないやい！

2

リーダース研修の二日目、午前のカリキュラムは、『青年の家』敷地内の掃除だった。

双葉《ふたば》たちに割り当てられた掃除場所は『青年の家』の玄関前一帯だった。亜耶《あや》と洸《こう》は石畳《いしだたみ》や入口に続く階段をほうきで掃《は》き、双葉と悠里《ゆうり》は軍手をはめて草むしりをする。修子《しゅうこ》はいつの間にか姿を消してしまって、

「ほんと協調性ねえやつだなー」

「こら！　悪口言うな！」

あきれたように言う洸に、すかさず亜耶が竹でできたほうきの柄《え》を突きつけた。

双葉はしゃがみこんで石畳の隙間《すきま》に生《は》えた雑草を引きぬいた。いつもふしぎに思うけど、雑草はどうやって増えるのだろう。「ねえ悠里、雑草の種ってどんなだろ？」「え、種？　考えたことなかったかも……」などとおしゃべりしながら、むしった草をビニール袋に入れていく。

首が凝《こ》ってきたので顔を上げると、たまたまこちらを向いた洸と目が合った。「ヘタレだな」

昨晩言われたことを思い出してぷいっと顔をそむけると、洸がため息をついた。

「なんだよ、まだ昨日のこと引きずってんのかよ。だから女って……」

「なにさ、きみら喧嘩《けんか》してんの？」

長めの前髪をヘアピンでとめた亜耶が目をまるくする。双葉は顔をそらしたまま、

「別にー」

と答えたが、その声にそっくり低い少しかすれた声がかぶさって、思わず洸と顔を見合わせた。そして二人同時にぷいっとそっぽをむくと、今度は悠里が笑った。

「あはは、喧嘩って彼氏と彼女みたいだね」

「誰がこんなやつ！」

その声もまたもやそっくりかさなって、洸と顔を見合わせる。「真似しないでくれる！」「そっちこそだろ」と言い合っていると、

「気が合ってんだか合ってないんだか、わかんねーな」

と亜耶がニヤニヤ笑った。「合ってないし！」と否定するとそれも「合ってねーし」という洸の声と二重奏になってしまって「きみら本当は仲いいだろ」と大ウケされてしまった。

「あ、袋いっぱいになっちゃったね。あっちに田中《たなか》先生がいたからもらってくるね」

悠里がそう言って立ち上がり「うん、ありがと」と双葉はうなずいた。田中先生は施設の裏側で窓ふきをしていたはずだ。悠里がそちらへ行ってしまうと、近くで気だるそうに掃き掃除をしている洸を妙に意識してしまって、双葉は離れた場所に移動した。洸のバカ。洸のバカ。

心の中でなじりながら、ぶちぶちと雑草を引き抜いていく。

「なあ」

頭上から声が降って、見上げてみると、亜耶がほうきの柄に顎《あご》をのせて立っていた。

「馬渕《まぶち》と何があったんだよ。そんなにムカつくことされたの？」

「ムカつくことされたっていうか……」

自分でも、どうしてこんなに腹が立つのかわからない。前に進もうってフリして、過去にしがみついてるヘタレだな。あの言葉を、どうしていつまでも引きずってしまうのか。

（……そっか、図星だからか）

痛いところを突かれたから、こんなに反応してしまうのだ。自分でも気づいていて、でも認めたくなかったことを。くっきりと言葉にされてしまったのがショックで。

でも、そういう自分を変えたくて今がんばってるんじゃなかった？　だったらそれでいいじゃん。このままがんばればいいだけのことじゃん。

こんなことで私がチームの空気を悪くしてたら、おかしいじゃん。

田中先生は、確か建物の裏側のほうで窓ふきをしていたはずだ。そちらをめざして歩きながら、悠里は双葉のことを考える。馬渕くんと喧嘩したみたいだけど、何があったんだろう？

双葉は悠里のとても大切な友達だ。ブリッコと女子から反感を買うことの多かった悠里を、双葉はそのまま受けとめてくれる。まだまともに話をしたことのなかった一年生の頃は、双葉をきれいだけどすごく開けっぴろげな人みたいに思っていた。けれどちゃんと付き合ってみると、双葉はかわいいものが好きで、感じやすくて、やさしい人だった。

イベント委員になったのも、双葉みたいになりたかったからだ。気まずい空気のホームルームで、双葉が手を上げて教卓へ歩いていった時、そのうしろ姿に胸が熱くなった。かっこいいな、と思った。私もこんなふうになりたいな、そう思ったのだ。

このリーダース研修でも双葉はみんなをまとめようと一生懸命で、昨日のディスカッションでは全然役に立てなかったけど、午後のオリエンテーリングはうまくいくといい。……でもほんと、みんなバラバラだけど。小湊《こみなと》くんはお調子者の自由人であんまり人の話を聞かないし、馬渕くんは器用だけど本心の見えない謎の人。でも一番謎なのは、村尾《むらお》さんかも。なんだか近寄りがたいオーラがあって結局まだ話せてないし、村尾さんも全然みんなになじもうとしないし――ほんと、どうしてイベント委員に立候補したんだろう?

そんなことを考えながら悠里は施設の角を曲がった。そしてそこに頭にタオルを巻いて窓ふきをしている田中先生を見つけ、けれど、びっくりして立ちどまってしまった。

村尾さん……?

タオルで窓をふく田中先生のとなりに、修子がいたのだ。田中先生と同じようにタオルで窓をみがいている。修子の掃除場所は、ここではなくて玄関前なのに。

その時、田中先生が手をとめた。小さくため息をつき、となりの修子を見下ろす。

「こっちはいいから、村尾はみんなと一緒に掃除しといで」

「あっちは人数いるから、こっち手伝います」

そう答えた修子の口調は、いつものとりつく島がないものではなかった。ちょっとぼそっとした言い方で、言葉の輪郭《りんかく》がやわらかい。

「村尾、ちゃんとみんなの輪に入りなさい」

きちんと修子に向きなおって、田中先生はかすかに眉《まゆ》をよせる。

「ひとりでも平気なんて答えを出すのは、自分の居場所を作る努力をしてから言いなさい」

「その努力ならしてます」

目をふせながら言い、修子は白い手をのばして田中先生のTシャツの裾《すそ》をきゅっと握った。

見てはいけないものを見てしまった気がして、悠里はとっさに建物の陰《かげ》に隠れた。

「村尾、俺は教師だから、村尾が生徒である以上離れたりはしないよ。でもそれ以上近くもならない。それはずっと言ってるでしょ？」

胸がどきどきする。ああ、そうだったんだ。村尾さんがイベント委員になったのは——

「村尾、みんなのところに行きない」

いつも温和な田中先生の声が今は厳《きび》しい。数秒の間をおいて、芝生を踏む足音がこちらに近づいてきた。あっ、どうしよう。あわてた時にはもう遅くて、建物の角を曲がってきた修子は悠里を見ると立ちすくむように足をとめ、目を大きくひらいた。

「あ……」

そう声をもらしたきり、言葉はぜんぶ消えてしまう。修子の瞳《ひとみ》は驚きとあせりにゆらいでいて、いつも硬質な無表情でいる彼女が、そんな顔をするなんて思いもしなかった。

「あの、村尾さん……」

ごめん、と何に対してなのかよくわからないけれどそう言おうとした寸前、修子はすばやく悠里の脇をすり抜けた。ツインテールに結った長い黒髪が、目の端を流れていった。

まだその場を動けずに、悠里は遠ざかる修子の背中を見つめた。

誰かといるよりも、ひとりが好きな人なんだと思ってた。でも村尾さんも、恋をするんだ。

だから村尾さんは、リーダース研修に参加したかったんだ。


図星をさされたことにいつまでもすねて、チームの空気を悪くしていられない。午後のオリエンテーリングの前に洸と仲直りしよう。そう決めて双葉は立ち上がったが。

「あれ……小湊くん、洸は？」

玄関前の石畳を掃いていたはずの洸の姿がなかった。「あー」と亜耶がふり返った。

「馬渕ならさっき呼ばれてどっか行った。名前知らないけど、二年三組の女子」

「あ、そうなの？」

「あとさ、そろそろ掃除終わりだってよ。俺、ゴミ捨ててくっから」

「じゃ私、ほうき片づけてくる」

亜耶が使っていたほうきと、洸が放り出していったほうきを持って、掃除用具置き場にむかった。用具置き場は施設の横手にあるせまい小屋で、薄暗い屋内に外掃除用のちりとりやゴミばさみ、草刈り機なども仕舞ってある。

ほうきを片づけて小屋の外に出ると、ほうきとちりとりを持った男子生徒が順番を待っていた。同級生ではないし、一年生にしてはおとなびているから、二年生だろう。ぺこっと頭をさげて双葉は彼の脇を通りすぎようとしたが、次の瞬間目にとびこんできたものに驚いて、思わず三年生のジャージの袖をつまんで彼のかげに身を隠した。

小屋のすぐ横手は木々がしげった林になっている。その木陰に、洸が立っていた。ふんわりとしたセミロングの女子とむかい合っている。――あの雰囲気《ふんいき》、あれって絶対、

（告白だ！）

女子生徒はしきりに髪をさわりながら、うつむき加減に何かを洸に話している。洸の横顔が照れくさそうな笑みにゆるむのを見た瞬間、わけがわからないくらいムカついた。なにあれ！人にはヘタレとか言っといて、自分は女の子に告られてニヤニヤしちゃって！

でも――どうしてこんなに腹が立つんだろう。洸のことなんてどうでもいいはずなのに。

あれ、私……もしかして――

「あの、吉岡さん……」

ためらいがちな声にわれに返って、自分が通りすがりの三年生のかげに隠れていたことを思い出した。「あ、すみません……っ」と急いで男子生徒のジャージの袖を放す。そして、気がついた。あれ、なんでこの人、私の名前……？

三年男子の顔を見上げて、双葉は眉《まゆ》をよせた。何となく、見覚えがあるような気がした。誰だっけ……、と記憶をたぐってハッと思い出した。

去年の冬ごろから、通学電車でよく乗り合わせる上級生がいた。なぜかいつも双葉と同じドアから乗車して、すぐそばの吊《つ》り革《かわ》につかまったり、目が合うとぱっと顔をふせたりする。通学路でもよく姿を見かけ、そのたびに視線を感じた。

その男子生徒が今目の前にいて「吉岡さん」ともう一度呼んだ。

「あの、ちょっと話したいんだけど……いいかな」

緊張した熱っぽい空気に体がこわばった。中学生の時、双葉を呼び出した何人かの男子もこんな空気を漂わせていた。なんで。がさつ攻撃で幻滅《げんめつ》させたはずなのに。

「すいません、友達が待ってるので」

急いで身をひるがえそうとした。けれどその前に腕をつかまれて、びくりと硬直した。

「ちょっとでいいんだ。あっちのほうで」

がさつな自分を演じるうち、中学生の頃よりは男子に免疫《めんえき》がついた。でも苦手なのは変わっていないし、いま腕をひっぱる強い力は怖かった。「あの、ほんとに……！」と声がかすれる。

その時もう片方の腕をぐっと引かれて、気がつくと三年生から一歩分離れていた。

「すみません。こいつ、俺の彼女なんですけど」

頭に降ったハスキーボイス。ふり向くと――洸がいた。

驚いたように目をみはっていた三年生の男子は、次にうろたえた表情になって「あ、彼氏いたんだ……」と呟《つぶや》いた。洸は双葉の手を握ってさっさときびすを返した。双葉も混乱したまま引っぱられて歩いた。彼女、って言った？　え……？

「何してんだ、バカ」

しばらく歩いてから洸が低い声で言った。

「な……なんか成りゆきで？」

「どんな成りゆきだよ。ったく」

「だって洸が……っ」

「俺が何したってんだよ」

言葉につまって目をふせる。何もしていない。ただ、女の子に告白されていただけで。

「……すいません。今のはただの言いがかりです」

「ん」

「……ってか、いつまで手を……？」

「一応あいつから見えないところに行くまで。もう少し我慢しな」

しっかりと握られた手が温《あたた》かい。だんだんに体のこわばりがとけてきて「あの……」と双葉は洸の横顔を見上げた。

「私は大丈夫だけど、もし誰かに見られたら洸のほうが……困るんじゃないかと……その、もし洸の彼女、とかにさ……誤解されたりしたら……」

「俺、付き合ってるやつとかいねーし。平気」

日射しに洸の前髪が茶色に透けていた。吹きつけるそよ風に、それがやわらかくゆれる。

「……あー、そっか。ん、ならいいんだけど」

骨っぽくて少しごつごつした手。ふれ合った手のひらの熱が頬にも伝わってくる。――そっか、いないんだ。そっか……。

ひきしめようとしても、唇はふわりとゆるんでしまった。

＊

昼食と休憩がすむと、午後のオリエンテーリングが始まった。

「はい、じゃあ二年二組、スタートして」

腕時計で時間を計っていた先生が合図を出し、双葉は勢いチームメートをふり向いた。

「スタートだって！　みんな、行くよーっ！」

「おっしゃ――――――っ!!」

と元気いっぱいに両腕を振り上げたのは亜耶で、洸が顔をしかめて耳を押さえた。

「何いきなり元気になってんだよ、朝はあんなにムクれてたくせに」

「だってヘタレ脱却《だっきゃく》したいじゃん！」

「大声出せばいいってわけじゃねーけど」

洸はいつもみたいにかったるそうに言うけど、今はとにかく気分がはずんでいて、

「すぐに洸も巻きこんであげるから！」

と双葉はVサインを作って洸に笑った。

なりたい自分になりたい、なろう。そう思って行動していれば、いつかそれが本物になるかもしれない。だから今はとにかく一生懸命、目の前のことを精いっぱいにやろう。「ほら、悠里と村尾さんもしゅっぱーつ！」と声をかけて、双葉は歩き出した。

オリエンテーリングは『青年の家』とその周辺の区域を範囲にして行われる。まず、先生たちから配られた地図を頼りに全部で六か所のチェックポイントをめぐっていく。それぞれのチェックポイントではクイズに答えるごとにキーワードが渡されるので、六つのキーワードからゴール地点を推理し、クイズに正解して得たポイントとゴール到着までのタイムを各チームで競うという内容だ。

「あーっ、チェックポイントみっけー！」

最初のチェックポイントはすぐに見つかった。『青年の家』の敷地の外れに会議用の長机が置いてあり、そこで「おー来た来た！」と手を上げたのは頭にタオルを巻いた田中先生だった。

「ここではミックスジュースの種類当てをやってもらいまーす。中身は全部で十種類入ってます。一種類当てるごとに一ポイント、何が入ってるか全部書き出してから答え合わせせね」

田中先生はメモ帳とペンを双葉に渡して「さあどうぞ！」と机にならんだ五つの紙コップを指した。中には赤っぽい色のジュース。みんなで紙コップをとってじっくりと飲んでみる。

「お、意外とうまいではないか」

「リンゴとバナナは絶対だね。悠里、あとわかる？」

「えー、何だろ。赤いからニンジン？　トマトかなあ」

しょっぱなからなかなかの難問だ。ちょびっとジュースを含んでは、口をもごもごさせて味やにおいを頼りに中身をさぐり、うーん、うーん、とみんなで唸《うな》る。

「んっ⁉　馬渕が変な反応しめしてるぞ！　やばい、馬渕がやばい！」

「どうしたの、洸っ！」

洸は口を半開きにし、顔筋の限界にいどむかのようなひどいしかめ面《つら》になっていた。

「セロリの味……」

「セロリ？　えー、ほんと？　わかんないな」

「絶っ対入ってる！　すっげーちょっとだと思うけど、でも絶対！」

いつも余裕の顔ですましているくせに、今の洸はこどもみたいに舌《した》を出しながら力説して、亜耶や悠里と一緒に大笑いしてしまった。洸の反応を信じて「セロリ」と書き加える。

そこで双葉は、修子が輪から離れた場所に立っていることに気がついた。

いつもの無表情ではあるけれど、こちらをうかがう修子は、なんとなく所在なげに見えた。

「あー、ずるい！　村尾さんも飲んで一緒に考えてよー！」

あえて大きな声で呼びかけながら、双葉はまだ誰も手をつけていない紙コップを持って修子に近づいた。「ほれっ」と紙コップをつき出すと、修子は珍《めずら》しくたじろいだ表情を見せた。

「私、こういうのは……」

「ダーメ！　村尾さんだってうちのチームなんだからね。何かわかったら教えてね！」

修子の手をとって紙コップを持たせ、笑いかける。そしてみんなの輪に戻りながらそろっとふり返ると、修子が紙コップに口をつけるのが見えて、よしっ、と胸の中で思った。

ミックスジュースの中身当ては、なかなか難航した。

「んー、なんか枯れた芝生の味がしない？」

「芝生っ？　双葉ちゃん、芝生食べたことあるの……？」

「あーでも、吉岡の言いたいことわかるな。確かに芝生っぺー味するかも」

「おまえら二人さ、もう少し常識的な表現しろよ」

「――タイム」

硬質に透きとおった声が言い、双葉は眉を上げて修子をふり向いた。

「え？　何を待ってほしいって？」

そうじゃない、というように修子は紙コップを細い指で示して、

「タイムが入ってる」

「タイム？」

「おーっ、ハーブのタイムか！　村尾、すげーな！」

そんな名前のハーブがあるなんて知らなかった。すごい村尾さん、ハーブに詳しいんだな、と感心しながら双葉は「タイム」とメモ帳に書き加えた。

ミックスジュースの中身の予想をし終えて、メモ帳を田中先生に渡した。メモ帳の回答を確認した田中先生は「おお！」と声をあげた。なんと、十種類中、七種類が正解していたのだ。

「すごいね！　セロリとタイムを当てたチームは初めてだなぁ。今までで一番高得点！」

セロリとタイムを当てたのは洸と修子だ。「すごーい！」「二人のおかげだよー！」「とくに村尾、ほんとすげーよ！」とみんなでワイワイ言うと、洸はフフンという感じに顎《あご》をそらし、修子の無表情も、少しだけゆるんだように見えた。

田中先生から渡されたキーワードは画用紙で作ったカードに書かれていて『い』の一文字だった。これだけだと意味不明だが、キーワードをすべて集めればゴール地点がわかるはずだ。

「なああ、このチームで優勝ねらいたくね？」

「ねらいたい！」

最初で高得点をとったせいか、もとから盛り上がっていた亜耶だけでなく、悠里や洸、修子までやる気になってきたのがわかった。バラバラだったこのチームの気持ちが、初めて一つになった気がする。いい感じ、とうれしくなった。

「よし、じゃ行こうぜーッ！」

「えっ⁉　ちょっと待って、ちゃんと地図見ようよ」

こういうお祭りが大好きな亜耶が走り出してしまうので、双葉はあわてて引きとめた。しかし亜耶はキリリとまじめな顔になって、

「あれをごらん、吉岡」

と人さし指をとある方向へむけた。そちらを見ると、道の向こう側から、同じジャージの一団が歩いてくる。顔つきがみんなあどけなくて、どうも一年生たちのようだ。

「やつら、笑顔だろ？　その意味を考えな。笑顔の先にチェックポイントありっ！」

行くぞー！　と亜耶は一直線に駆け出して、みんなもそれにつられて続いてしまう。ちゃんと地図を見ながら行かないと迷っちゃうんじゃ……、と心配になったが、

「ほら、あった！」

と亜耶が指さす先に、会議用の長机と手をふる先生の姿があって、みんなでリッと声をあげ

ながら一緒になって走った。

*

「……槙田《まきた》さん」

そっとジャージの袖を引かれたのは、チェックポイントの五か所目をクリアしたあとだった。もう『青年の家』の敷地から出て、両側を森に囲まれたゆるい下り坂の道路を歩いている。

「ん？」

と悠里が目をまるくすると、となりにならんだ修子は、ためらいがちに訊《たず》ねた。

「掃除の時に見たこと、吉岡さんに言ってないの？」

田中先生のTシャツの裾《すそ》をきゅっと握った修子の姿を思い出した。ほんのり赤くなった修子の頬の色も、「行きなさい」と言われて走ってきた時のさびしそうな顔も。

「言ってもよかったの？」

修子は大きく頭を横にふった。悠里は笑った。

「何も言ってないから心配しないで」

でも、と悠里は前を歩く双葉の背中を見つめた。

「次はあっち！　な気がする」

「ねえ小湊くん、ここからはちゃんと地図見て行こうよ」

「そんなんいちいち見なくても適当にまわっとけば大丈夫だってー」

「もー、能天気だなあ……」

地図を広げながら歩く双葉の、頭の上にまとめた髪が、傾《かたむ》いてきた日の光を受けて茶色に透けていた。道路の横手にある森から、ときどき澄んだ鳥の声が聞こえてくる。

「でも双葉ちゃんなら、もし知ってても大丈夫だと思うけど」

クラスに居場所のなかった悠里をそのまま受け入れてくれたみたいに、修子のことも受けとめてくれるんじゃないかという気がした。先生に恋をするのはいろいろと難しいんだろうけど、双葉なら自分のことみたいに、修子を応援しそうな気がした。

「なになにー、何話してんの？」

ふいにこちらをふり返った双葉が、明るい笑顔で駆けよってきた。ぎくりととなりで修子が肩をゆらした。双葉ちゃんなら大丈夫だと思う。でも村尾さんはまだ――

「なんでもないよっ、双葉ちゃん」

とっさにそう言うと、ふっと双葉の表情がくもった。でもそれは一瞬で、

「……そっか！」

と双葉はすぐに笑顔に戻り「最後のチェックポイントなかなか見つかんないねー」と言いながらまた正面をむいて歩き出した。

ほっと修子が小さく息をつくのが聞こえた。それから修子は悠里を見つめて、その表情は、ありがとう、と言っているようにも、ごめん、と言っているようにも思えた。悠里はほほえんで、もう一度そっと言った。

「双葉ちゃんなら、大丈夫だと思うよ」

修子は黙っていたけれど、やがて小さく、顎を引いた。

『なんでもないよっ、双葉ちゃん』

そう言われてしまうと、もうそれ以上は踏みこめなくて「最後のチェックポイントなかなか見つかんないねー」なんて笑ったけど、胸の中はもやもやした。

西の方角に傾きはじめた太陽の光は、青空に浮かぶ白い雲の輪郭《りんかく》を金色にきらめかせ、ほとんど車が通らない山裾の道路にみんなの影を細長く落としている。前を歩く洸と亜耶、後ろにいる悠里と修子。まるでサイコロの五の面のまん中の点のように、四人の間を一人で進みながら、双葉は目をふせた。

(いまいち言いたいこと言えないな、私……)

修子と悠里が何を話していたのか、どうして自分にだけ教えてくれないのか、こんなに気になるのに訊《たず》ねることができない。しつこくしたら嫌われてしまうんじゃないかと、そうしたらまたひとりぼっちになってしまうんじゃないかと、怖くて。

　亜耶にもそうだ。亜耶の勘のよさで順調にチェックポイントをまわれてはいるけれど、自分たちはこのへんの地理を全然知らない。もう少し慎重に動いたほうがいいと思うのに、口うるさいやつだとうざったがられるのが嫌で「大丈夫だって」と言われると引きさがってしまう。

　こうやって人の目ばかり気にして、言いたいことを飲みこんで、もやもやと不満や後悔に沈んでくような自分を変えたいと思ったはずなのに。少しでもいい、こうなりたいと思う自分に変わりたいと願って踏み出したはずなのに。

「お！　最後のチェックポイントみっけたぞー！」

　亜耶が大きく手をふり、ゆるい下り坂のむこうを指した。駅伝の給水ポイントみたいに、道路脇に会議用の長机が置かれて、引率の先生が立っている。「ほんとだー！」と双葉は思わず声をあげて、後ろの悠里と修子に「二人もほら、早く行こ！」と手招きした。

　ついに最後のチェックポイントに迫って、今までバラバラに歩いていた五人が、自然と横一列にならぶ。車道にはみ出しているけれど、車はいまだに一台も通っていないからきっと大丈夫。小走りになりながら亜耶が腕時計を見た。

「各チェックポイントでも結構いい点とれたし、タイムも悪くない。つかすげーいいだろ、これ。これ、もしかしたら俺らまじで……」

「優勝か⁉」

「イエッス、優勝だー！」

双葉と亜耶が「イエー!」とこぶしを突き上げると、洸は「うるせー」という感じに耳を押さえ、悠里はくすくす笑って、修子もあいかわらず無口の無表情だけどみんなに合わせて小走りになっている。金色の光に照らされたみんなの顔を見ていると、胸のもやもやも夕暮れの光に少しとけていくような気がした。

ぐちゃぐちゃ悩むのはやめよう。今はただゴールにむかって歩くんだ。

今はまだ変われなくても、変わりたいって思ってがんばってるんだから、それでいいんだ。

*

最終チェックポイントで渡されたキーワードのカードには『池』と書かれていた。

これまでの五か所でもらったキーワードと、これを合わせて並びかえれば、ゴールがどこなのかわかるはずだ。五人で頭をつき合わせて六枚のカードをにらみ黙考することしばらく、槙田悠里が「あ」と声を出した。

「『一番大きな池』? じゃないかな?」

池、と洸は考えた。確か、出発前に配布された地図には、数か所の池が記されていたはずだ。

「吉岡、地図見せて」

双葉から地図を受けとって広げてみる。余談だが池といえば、池と沼と湖の違いは、深くて水底には植物が生えていないものを湖、湖より浅くて水底にも植物があるのを沼、土地のくぼみに水がたまったものが池、と区別するらしい。服の趣味に若干《じゃっかん》問題のある兄が、昔にそんなどうでもいい雑学を披露《ひろう》していた。

「一番大きな池……ここだな」

地名も記していない、ただ各チェックポイントと簡単な道すじだけを描いた地図の一点に、洸は指をおいた。市内を蛇行《だこう》しながら横断する川のむこうに、ひときわ大きな池がある。

「ほんとだ、ここがゴールだね！」

「よしっ、行こう！」

一番テンションの高い亜耶が勢いよく歩き出し、二番目にはりきっている双葉がそれに続いたが、二人はすぐに動きをとめた。

「……あのさ、池がゴールなのはわかったけど、ここどこだ？」

まあそうなるよな、と洸は思った。深く考えずに勘《かん》だけで動きまわる亜耶に、みんな引っぱられる形でここまで来たから、もう現在地を見失ってしまっている。それでも双葉は「ちゃんと地図見ながら行こうよ」と何度か言っていたし、洸もそのほうがいいと思ったが、面倒《めんどう》で口をはさまなかった。その場の流れに適当に合わせておく、それが今の信条だから。

ゴールの場所はわかっているのだ、通行人に道を聞いて行けばどうにかなるだろう。そう思って洸はあたりを見回し、田んぼに囲まれた道のむこうから、背中が少しまるくなったおばあさんがゆるゆると歩いてくることに気がついた。

そちらへむかおうとした時、目の端を人影が身軽にすり抜けていった。地図を手にして「すみませーん！」と双葉はおばあさんにむかって駆けていく。

なんであいつはあんなに一生懸命なんだろうな、と双葉のうしろ姿をながめて思う。学級委員になった時も、このリーダース研修でも、双葉はいつも背中に「一生懸命」と貼り紙（それも筆で勢いよく書いた感じの）をつけているみたいで、一生懸命とかがんばるとかいう気持ちはもう燃やして灰にしたはずなのに、つい手を出してしまうことがある。

「この池への最短ルートを教えてほしいんですけど」

「んー？　どれどれ」

「このへんで一番大きい池です。ちょっと道がわかんなくなっちゃって」

おばあさんは双葉が見せる地図をのぞきこんで「ああ、ここね」とうなずいた。もうあまり声量のない、細い声だった。

「それなら、あの森を突っ切っていくのが一番早いけども」

「あ、あっちの森ですか？」

「そうそう。でもねえ……」

「ありがとうございます！　……あの森を突っ切るのが一番早いって！」

おばあさんは何か言いかけたようだったが、双葉のよく通る声に消されて聞きとることができなかった。「よっしゃ！」と亜耶がせっかちに森の方角へ歩き出した。

「やべー、俺らまじで優勝できんじゃねーの⁉」

「あのおばあちゃんのおかげだねー。悠里と村尾さんも行こ！」

先頭に立った亜耶と双葉に、悠里と村尾修子も続く。洸もそれを追って歩き出しながら、一応もう一度おばあさんをふり返って小さく頭を下げ——眉をひそめた。

おばあさんが手をふりながら口を動かしていた。声が小さいのでよく聞きとれなかったが、

「あの森……が……いから、気………だよ！」

きれぎれの言葉の断片と、何かを心配している雰囲気《ふんいき》だけは伝わってきた。

「なあ、あのばあちゃん何か言って……」

「馬渕、何やってんだよ！　早く来いってー！」

亜耶の大声にさえぎられて、洸は顔をしかめた。ほんとにこいつ、人の話を聞かない。

それでも強いことは言わず、いつものように、流れに合わせてみんなのあとに続いた。

『あの森は道がわかりにくいから気をつけるんだよ』

おばあさんはそういう忠告をしたのだと気がついたのは、実際にとんでもない事態におちいってしまったあとだった。

3

最初は、ちゃんと舗装《ほそう》された道を歩いていたはずだったのだ。木々の葉の隙間《すきま》からこぼれてくる光がきれいだとか、そういうことを考える余裕まであった。

でもいつの間にか、足もとは大きな石や木の太い根がつき出した荒っぽい状態に変わっていた。道の先が岩でふさがっていたりもしていた。そしてどれだけ歩いてもゴールである『一番大きな池』は見えてこない。

森の中はむせ返るほど土や緑のにおいが濃《こ》くて、空気が湿っている。歩き続けるうちにみんな口数がへっていき、やがて全員が無言になった。たぶんみんなが同じことを考えていたはずで、でも誰もそれを口に出そうとしなかった。歩くことで自分をごまかそうとするみたいに、ひたすら足を動かした。

しかし、ついに洸《こう》が足をとめて、言った。

「完全に迷ったな」

「やっぱり⁉」

双葉《ふたば》は背中にしょった鞄《かばん》の紐《ひも》をお守りのように握りしめて、あたりを見回した。でもどれだけ見回しても、あるのは木々のつらなりと、のびるにまかせて茂った草と、地面に浮き出した太い木の根、そんなものばかりで、もう自分たちがやってきた方角すらわからなかった。

恐れていたことをはっきりと言葉にされて、はりつめていた気持ちがついに切れてしまったのだろう。最初に悠里《ゆうり》が座りこんでしまい、つられたように亜耶《あや》が、そして修吾《しゅうご》がその場にうずくまった。双葉も疲労に耐えかねて木の根に腰かけ、最後に洸がしゃがみこんだ。

鬱蒼《うっそう》と茂った木々のむこうで、カラスが警告するような鋭《するど》い声で鳴いていた。みんなの顔に落ちる影が濃い。日が暮れようとしているのだ。

「どうするよ俺ら、迷子って……ケータイも出発前に先生に預けちゃってるし……」

「……さっきのばあちゃん、このこと言ってたんだな。気をつけろ、って」

ため息まじりに洸の言葉に、双葉は驚いた。そんなこと言ってた？　あのおばあちゃんが？

「は⁉」ととがった声を出したのは亜耶だった。

「なんでそれもっと早く言わねーんだよ！」

「どうせおまえ、人の話なんか聞かねえじゃん」

にらみ合う亜耶と洸はいつになく険悪だ。「やめなよっ」と双葉は声を割りこませた。

「二人とも、そんなことで揉《も》めてる場合じゃないよ」

今一番に考えなければいけないのは、この森からどうやって脱出するかだ。もう日が暮れかかっている、これからどんどん暗くなってくるだろう。暗くなってしまったらもう身動きがとれない。みんなで協力して方法を考えなければいけないのだ。

「……そうだな」

冷静さをとり戻そうとするように洸は息をつき、木々の葉の隙間から切れぎれにのぞくオレンジ色の空を仰《あお》いだ。

「たぶんそんなにでかい森ってわけじゃないだろうし、完全に日が落ちる前に出口見つけないとな」

「……ねえ、これ以上むやみに歩き回って大丈夫かな。このままここで先生たちが捜しにくるの待ったほうがよくない？」

悠里は不安げな声で言い、見えない何かから身を守ろうとするように膝《ひざ》を抱えた。

出口を捜して歩くのか、ここで助けを待つのか、誰も決め手を見つけられずに黙りこむ。連絡手段も持たずに森の中で道に迷ってしまったことなど今までにないし、こんな時にどうすればいいかなんて習っていないのだ。

緑のにおいの濃い風が、木々の枝をゆらしながら森を渡っていく。波のように近づいたり遠ざかったりする葉擦れの音に耳をすましていた双葉は、それに気がついた。

「川の音がする！」

かすかにだが、涼やかなせせらぎが聞こえた。「え、わかんねーよ」と亜耶は眉《まゆ》をよせるが、まちがいない。何か思いついたのか、洸が「吉岡、もう一回地図見せて」と言った。双葉は背中にかけていたバッグから地図を出して洸に渡した。

「この地図で見ると、川のむこうにゴールの『一番大きな池』がある。ってことは、出口もそっちってことだよな」

しばらく顎《あご》をひいて考えていた洸は、心細げな表情の悠里を見やった。

「出口の方向はわかったから、日のあるうちに行けるとこまで行こう。完全に暗くなったら、槙田《まきた》の言う通り、そこで待機ってことにしよう。それでいい？」

「……わかった」

よし、行こう。洸が立ち上がって歩きはじめた。「村尾《むらお》は、大丈夫？」と亜耶が案じる声音《こわね》で訊《たず》ねると、修子は落ち着いた顔つきでこくんとうなずいた。

洸と亜耶が先頭に立って、草を踏んだり、木の枝をよけたりして道を作ってくれる。そのあとに続いて進みながら、双葉のとなりで、悠里はずっとリュックの紐を握りしめていた。

「大丈夫だよ、みんな一緒だから。とにかく明るいうちに出られればいいんだからさ」

「うん……」

悠里の背中を、ぽん、ぽんと叩いて双葉は笑った。本当は不安だったけれど、でもきっと悠里のほうが今は不安なのだ。「大丈夫！」とくり返すと、悠里も弱く笑ってくれた。

歩くにつれて、せせらぎの音はどんどん鮮明になってくる。やがて木立のとぎれた向こう側に川が見えて「あったー！」とみんなで歓声《かんせい》をあげた。川幅は十四、五メートルといったくらいで、流れもそれほど急ではない。川には荒々しい輪郭《りんかく》の岩が点在していて、それをうまく渡っていけば、対岸へ行けそうだった。

「俺が先に渡ってみる」

岩に足をかけた洸に「気をつけろよ！」と亜耶が声をかける。洸は危なげなく岩から岩へとび移り、対岸に着地した。洸が渡った岩をたどっていけば大丈夫なはずだ。

「全然余裕だな」

亜耶は長い脚《あし》で、ひょいひょいと岩を渡っていった。対岸に着くと「大丈夫だぞー」と残りの女子たちを安心させるためか、ほがらかに手をふった。

「じゃー、次は私行く」

悠里と修子にうなずいて、双葉も最初の岩にとび乗った。「かんたん、かんたーん」と歌いながら岩を渡っていく。とにかく、悠里を安心させたかった。そして最後の岩に足をかけた時、

「ぎゃッ」

ずるっと足がすべって体が傾き、倒れこむ寸前で「あぶねっ」と洸に腕をつかまれた。

「ぬーわ、びっくりしたー！」

「ダセぇな、最後まで気ぃ抜くなよ」

「村尾さん、そこすべるから気をつけてね！」

川の中ほどの岩まで渡ってきていた修子は、こくんとうなずいて、かろやかに岸に着いた。

あとは残っているのは悠里だけだ。しかしながら。

「怖いっ、無理だよー!!」

悠里は最初の岩の上で、べそをかきながら生まれたての子馬のようにぷるぷると足を震わせている。「え、ここってそういうレベルの川か……?」と亜耶が目をまるくした。

「槙田、怖くねーから、そっから右の岩に行け」

「そうだよ悠里、ピョンって!」

「落ち着け、行けるって!」

「いっぺんに言わないでっっ」

もう悠里はパニックになっていて、岩の上にうずくまってしまう。あれじゃダメだ。双葉はもう一度川へ引き返そうとしたが、

「何やってんだよ……」

それよりも速く洸が動き出し、しなやかに岩を渡っていった。


どうしてみんながあんなに軽々と、平気で岩をとび移っていけるのかわからない。だってここ、川なんだよ?　落ちたらどうするの?

みんなに迷惑をかけているのはわかっているけど、足がすくんで動けない。もうやだ、リーダース研修なんて来なきゃよかった、もう家に帰りたい。ごつごつと荒々しいくぼみが刻まれた岩の上で泣きながらうずくまっていると、

「槙田っ」

と呼ぶ声がして、悠里は頭をもたげた。すぐ近くの岩に洸が立って、手をさしのべていた。

「ほら、手！」

「でも……怖い〜」

立ち上がらないと洸の手はつかめない。でも立ち上がろうとすると足が震えて、落ちるんじゃないかと恐ろしくなって、動けなくなるのだ。

「いいから、こっち来い！」

強引に手首をひっぱられて、視界が大きくゆれた。恐怖をつめこんだ風船が頭の中でパンと破裂したような気がした。

「ギャ――――ッ!!　落ちる落ちる、ごわいっ！」

怖くて、ただ怖くて、洸の胸に必死にしがみついた。ああ、私かっこ悪い。きっと馬渕くんもあきれてる。みんなだってあきれてる。もうやだ、もうやだ――

「そうそう、今の感じ。大丈夫だろ？」

頭の上で聞こえた声は、思いがけずやさしかった。

驚いて顔を上げると、洸は春のはじまりの日射しみたいに淡くほほえんだ。

「な？」

器用だけど、本心の見えない謎の人。ちょっと冷たそうな人。そんなふうに思っていた。

こんなふうに、やさしい目をして笑うなんて知らなかった。

悠里は足もとに目を落とした。いつの間にか、洸がいる岩に移動していた自分の足。

「……うん」

「今の要領でいけば大丈夫だ。ほら、もっかい」

洸は悠里の手をとったまま、自分は後ろむきに次の岩へ移動する。悠里もそろりと足をのばして、洸のあとをたどった。怖いけど、さっきほどではなかった。しっかりと握ってもらった手が温かくて、心強かった。

「悠里、大丈夫ー？」

対岸に足をつくと双葉が駆けよってきて「うん」と悠里はうなずいた。

「馬渕《まぶち》くんのおかげで落ち着けたから」

「そっかそっか、よかったー」

「よし、じゃあ行くか。少し急いだほうがいい」

洸はまた亜耶とならんで先頭を歩いていく。悠里も修子と双葉の間を歩きながら、洸の背中を見つめた。ありがとうって、言いそびれた。でも、今から言うのもタイミング変だし……。

自分の手をそっとつつむ。ごつごつした男の子の手の感触が、まだそこに残っている。

ほほえんでくれたあのやさしい瞳が、焼きついている。

右の足首の違和感は、本当は岩を踏みはずした時からあったのだ。でもその時はそれほど強くもなかったから、双葉は何も言わなかった。

でも歩くごとにズキン、ズキンと、骨の芯《しん》から響いてくるような痛みはどんどん増してきて額に冷や汗が浮かんだ。——どうしよう、痛い。すごく痛い。

だけど暗くなる前にこの森を抜けなければいけない。自分のせいでみんなを足どめするわけにはいかない。双葉は額の汗をぬぐい、奥歯に力を入れて歩き続けた。それでも普段のペースで歩くことはもう無理で、みんなの後ろを遅れて追った。

「休憩しよう」

と洸の声が聞こえた。痛みに意識をとられていたせいで、その声は遠く聞こえた。

「は？　何言ってんだよ、さっき休んだばっかじゃん」

「吉岡さん、足痛いんじゃない？」

一拍遅れてから修子が話しかけたのは自分だと気がつき「えっ？」と双葉はあわてた。修子は冷静な顔つきで双葉の足もとに視線を落とした。

「さっきから右足、引きずってる。痛いんじゃない？」

「マジ？　さっきのか！」

亜耶が目を大きくし、悠里が「双葉ちゃん、大丈夫？」と眉をよせる。申し訳なくて「ごめん……」と双葉は呟いた。

「もうすぐ暗くなるし、このままじゃヤバいな……」

亜耶は顎に指を当ててしばらく考えこみ、洸を見た。

「じゃあ俺が出口見つけて、ここまで先生つれてくるのは？」

「ここでバラけるのはダメだ。おまえが出口見つける前に暗くなったら、それこそヤバいだろ」

「わ、私なら大丈夫だよ！」

足手まといになりたくない。これ以上みんなに苦しい思いはさせられない。「大丈夫だから、とにかく歩こう！」と前に進もうとすると、洸に腕を押さえられた。

「小湊《こみなと》、これ持って」

洸は背負っていたリュックをおろすと亜耶にほうり投げた。そして、

「おら」

双葉に背をむけてしゃがみこみ、うながすように後ろ手を広げた。──はい？

「おぶってくから乗れ」

「え!?　いいよ！　恥ずかしいよ!!」

肩ごしに洸が鋭く目尻の切れた瞳をむけた。

「おまえの羞恥心《しゅうちしん》なんかどうでもいいんだよ。みんなの足ひっぱりたくなかった乗れっつの」

痛いところを突かれて詰《つ》まっていると、悠里が「双葉ちゃん」と呼んだ。

「私が鞄持つから貸して」

「悠里……」

鞄を受けとって、悠里はにこっと笑う。洸はしゃがんだまま待っている。——そうだ、時間がない。こうやってためらっている間にもどんどんあたりは暗くなってくる。腹を決めて、双葉は洸の両肩に手をおいた。

「じゃあ、お言葉に甘えて。……あの、言っとくけど、重いですぞ？」

「いいから乗れ」

洸の背中に胸をくっつけて体重をかける。途端に「うっ……」と洸が声をもらした。

「おまえ、見かけによらず……」

「だ、だよね!? や、やっぱ歩くよ！」

「いいんじゃん？ ずっしりしてるほうが、ちゃんとここにいるって感じで」

そう言った洸の声と同時に、ふわっと体が持ち上がった。

自分の足で立っている時よりも、少し高いところから見る景色。鼻先に、くるんとまるまったえり足があった。

「……変なフォロー」

「別にフォローしてねーし。動くぞ、つかまってろ」

言われた通りに、洸の首に腕をまわした。そっと、洸のうなじに頬《ほお》を当てる。――本当に、変なフォロー。でも自分がここにいていいと言われているみたいで、気分がやすらいだ。

ある瞬間をすぎると、夕暮れの空は急速に光を失っていった。もう先頭を行く亜耶のうしろ姿も、背中に自分のリュック、胸に双葉の鞄をさげた悠里の姿も、ときおり「そこ、木の根が出てるから気をつけて」と注意をうながしてくれる修子の横顔も、青い薄闇《うすやみ》にぼんやりとかすんでいる。

「馬渕、大丈夫？　そろそろ交代するか？」

「いや、まだ大丈夫」

「でもずっとじゃ、しんどいだろ」

「大丈夫、行こう」

洸の息が上がっていることが、体を支えてくれる腕の疲労が、自分の体のことのように伝わってきた。ごめん、と言いかけて双葉は言葉を飲みこんだ。その言葉は自分の申し訳なさをやわらげるだけで、みんなに却《かえ》って気を遣《つか》わせる。

暗い森の中を、時間は伸び縮《ちぢ》みしながらすぎていく。ときどき、もう何年もこうやって森をさまよっているような気分になった。出られるのかな、と不安にもなった。けれど誰も足をとめようとしなかった。洸に背負われたまま頭上を仰《あお》ぐと、写真立てのフレームのように木々の葉が縁どった藍色の空に、小さな光の粒が浮かんでいるのが見えた。

「――あっ、明かりが見えるよ！」

どれほどたった頃だったか、声をあげたのは悠里だった。

悠里が指した方向、木立の途切れたむこうに、オレンジ色の街灯が見えた。

「行こう！」

全員が同時に走り出した。洸も少し遅れながらみんなのあとを走り、振動にゆさぶられながら双葉も、オレンジ色の小さな灯火を切実な思いで見つめた。もう少し、あと少し。

「出れた……」

呟いたのは、誰だったろう。でもきっとみんな同じ言葉を思い浮かべていた。

森を抜けて出てみれば、そこはきちんとアスファルトで舗装され、歩道もある道路だった。頭の部分を折り曲げた、オレンジ色の光を灯す街灯が点々と夜のむこうまで続いている。

「出れたぜー！」

「よかったねー、ほんとよかったー！」

「おい、背中で暴れんなっつの！」

「あ、ごめん……」

よかったよかったと手を打ちあわせ、ひとしきり喜び合うと、どっと疲れが襲《おそ》ってきてみんなで歩道に座りこんだ。冷静になってみると、そこは見覚えのある風景だ。

出《で》れた…
あ
先生《せんせい》だ
お!
お―――い

「なんだよここ、『青年の家』の近くじゃん」

「ぐるぐる回って戻ってきたんだね。ここからなら帰れるね」

「でもちょっと休憩しよう。まじ疲れたー」

空はもう夜の色に塗りかえられて、銀色の砂をまいたように数えきれない星がまたたいていた。都心では見られない、まるで降ってくるような星空だった。双葉は、生まれて初めて、天《あま》の川《がわ》を見た。

「——二年二組か⁉」

歩道のむこうから、まるくて強い光が近づいてきた。懐中電灯の明かりだ。

「洸、吉岡、小湊、槙田、村尾、全員いるな⁉」

点呼するように呼びながら駆けよってきたのは、頭に白いタオルを巻いた田中《たなか》先生だった。

田中先生は顔色がひどく悪くて、双葉たち全員の顔を順番に見るとほうっと肺《はい》をしぼるようなため息をついた。それで、ずっと捜しまわっていてくれたんだとわかった。

「みんな無事か⁉　けがないか⁉」

「あ、けが人が一名」

「誰だ⁉」

四人の視線を受けて「はい……」と双葉はおずおずと手を上げた。田中先生は右足の具合をみてくれて、たぶん捻挫《ねんざ》だろうと言った。

「ったく、ほかのチームはとっくにゴールしてるのに、おまえたちだけいつまでたっても戻ってこないし、近くを捜しても全然見つからないし、本当になんでこんなところから」

小言を言いかけた田中先生は、けれど続きをため息に変えて、弱く笑った。

「でも、まあ、無事で本当によかったよ」

双葉は悠里と目を合わせた。それから亜耶と、修子と、最後に洸と。笑みがこぼれる。

そう、本当に、よかった。

4

田中《たなか》先生と『青年の家』に戻ると、引率の先生の「まったくおまえたちは！」から始まるお説教が待っていたが、それはすぐに終わって「とにかく無事でよかった。ご飯食べてお風呂入って休みなさい」と言ってもらえた。

もう本当にくたくたになっているはずなのに、なぜか布団に入ってもなかなか寝つくことができなかった。眠る場所は各学年の男女ごとに一部屋ずつで、双葉《ふたば》たちの部屋には一年生の女子たちが布団をならべて休んでいる。ほかの人たちを起こしてしまわないように、双葉はそっと声をかけた。

「悠里《ゆうり》、まだ起きてる？」

となりに敷《し》いた布団から、悠里はそろっと顔を出すと、

「うん、起きてるよ」

と内緒話《ないしょ》をする時の声で答えた。

「今日はいろいろあったけど、楽しかったね」

「うん。……双葉ちゃん、足はどう？」

「薬効いてるから、今は平気」

「そっか、よかった」

ほっとしたようにささやいて、悠里は見ているだけで心がやわらかくほぐれるような笑顔になる。双葉もつられて頬《ほお》をゆるめ、けれどその時、ふっと昼間のことが頭をよぎった。

――なんでもないよっ、双葉ちゃん。

「悠里、あのさ……」

「ん？」

「オリエンテーリングの時さ、村尾《むらお》さんと……」

村尾さんと、何を話してたの？

何話してんのって私が訊《き》いた時、どうして、悠里は。

「……何でもない」

呟《つぶや》いてしまってから、後悔をさびしさでくるんだような気持ちになる。どうして訊《き》けないいん

だろう。簡単なことなのに、どうして私は結局、寸前でこうして逃げてしまうんだろう。

どうして――悠里は、あの時、教えてくれなかったんだろう。

「双葉ちゃん、私ね」

それは夜にとけるようにささやかな、けれど大事な何かを伝えようとする声だった。

「今までずっとひとりでいたけど、さみしくなかったわけじゃないんだ。あの時、双葉ちゃんが私に話しかけてくれた時、私がどんなにうれしかったかわかる？」

布団の中からさしのべられた悠里の手が、枕もとに置いていた手を握った。

きゅっとそこに力がこもった時、信じて、と言われたような気がした。

「だから、私が双葉ちゃんをひとりにすることは、絶対にないよ」

悠里と初めて話をした時、悠里は冬の中庭で、マフラーを巻いてお弁当を食べていた。

寒くないの？　教室で食べれば？　かけた言葉はそんなもので、それだって悠里を心配したわけではなく、ただ黙っているのも気まずいから話しかけただけだった。でも悠里は、そんなことをうれしかったと言い、たったそれだけのことで、絶対にひとりにしないと手を握ってくれるのだ。

胸の奥にじわりとあたたかく広がるものがあった。友情とか、そんなありふれた一つの言葉にはめこんでしまっては肝心《かんじん》な部分がこぼれ落ちてしまう気持ち。ただ、悠里を大切だと思った。大切にしたいと思った。

「わ……私も、ひとりになった時の気持ちを知ってるから、だから、私も悠里のそばにいる。何があっても」

何があってもとか、何でもとか、未来のことなんて何もわからないのにそんなことは約束できないと知っているけれど、それでも今は本当に、何があってもと約束できる気がした。

強く手を握り返すと、悠里は、こぼれるように笑った。

「うん」

友達とこんなふうに手をつないだのは、何年ぶりだろう。

なんだか照れくさくて、それでも無性にうれしくて、楽しくて、手をつないだままひそひそ声でいろんな話をした。そしていつしか、悠里の手のぬくもりに安心しながら、双葉は眠りに落ちた。

次にまぶたをあけた時、薄く唇《くちびる》をひらいて穏やかに眠っている悠里の顔が目の前にあった。

部屋の中は、床の間の小さな電灯がついているだけで薄暗く、横向きだったり仰向《あおむ》けだったりいろいろな体勢で寝入っている同級生たちの姿が見えた。

喉《のど》が渇いていて、双葉は悠里を起こさないようにそっと布団を抜けだした。廊下のつき当たりに、ペダルを踏む仕組みの水飲み器があり、そこで水を飲んだ。水飲み器のすぐそばには窓がはめこまれて、その向こう側はまだ藍《あい》色の闇《やみ》に染まっていた。

ふいに、窓のむこうを白い人影が通りすぎていき、双葉は目をまるくした。

（洸《こう》？）

まだ夜も明けないのに、白いパーカをはおった洸が、外を歩いていく。少し考えて、双葉は玄関にむかった。捻挫《ねんざ》した右足はまだ少しだけ痛くて、歩き方がひょこひょこしてしまう。

「洸」

洸を見つけたのは、施設の裏手に開けた庭だった。丸太を組んだ低い柵があり、その向こう側には広大な平原、さらにその向こうにはゆるやかに、急激に、さまざまな印象の曲線を描きながらどこまでも続く山並みが眺望《ちょうぼう》できる。

青い薄闇の中でふり返った洸は「吉岡《よしおか》」と少し目をまるくしたようだった。

「こんな時間に何してるの？」

「なんか目が覚めたから、日の出でも見ようかと思って。おまえ足、平気なの？」

「うん、今は平気」

夜明け前の大気は、山奥から湧き出たばかりの清流のように、ぴんと冷たく澄んでいる。双葉は洸のとなりにならんで空を仰《あお》いだ。昼間の活発な青空よりももっとずっと深い、水底にいるような静けさをたたえた青の空。夜なのか朝なのかわからない、ふしぎな時間。

「なんかこの空、洸みたい」

「何が？」

「やさしいのか、やさしくないのか、わかんないから」

ひどく冷たいかと思うと、限りない思いやりを見せる。やさしいのかと思って近づくと、また素っ気なく身をひるがえす。洸は夜とも朝とも決められない、この空によく似ている。

「それならおまえも同じじゃん」

ん？　ととなりをふり向くと、洸は空を仰いだまま続けた。

「ヘタレなんだか根性あんだか、わかんねーじゃん」

青い微光に照らされた洸の横顔には、とても薄い、穏やかな笑みが浮かんでいた。

心音が少しだけ速くなる。透きとおった空気につつまれる頬に、微熱がやどる。

そっと目をそらすと、いきなりバサリと頭に何かが被《かぶ》さって「わっ」と驚いた。見てみると、それは洸が着ていた白いパーカだった。

「冷えるから、それ着とけ」

「え、でも洸は寒くないの？」

「いいから」

こんなふうに、時々やさしい。そのたびに、それが本当の洸なのではないかと思う。

「……ありがと」

パーカにはまだ洸の体温が残っていて、袖を通すと背中や腕にぬくもりを感じた。袖は少し長くて手の甲まで隠れてしまう。男の子なんだな、とどきどきしながら思った。

「日の出までもう少しかかりそうだな」

「そうだね……あっ、そうだ！」

いきなり大きな声を出してしまったので「何だよ？」と洸が眉《まゆ》をひそめる。双葉は笑って、今思いついたいいことを話した。聞き終わった洸はちょっと顔をしかめた。

「みんなまだ寝てんだろ」

「でもせっかくだしさ。洸は小湊《こみなと》くんのこと起こしてきてよ。絶対喜ぶよ、こういうの」

「……ああ喜ぶだろうよ。声かけた途端とび起きるだろうよ」

面倒《めんどう》くせー、とぼやきつつ洸は歩き出す。双葉も一緒に玄関にむかった。

「悠里、村尾《むらお》さん」

まわりで寝ている同級生たちを起こさないように声を小さくして呼びかけると、悠里は眠たそうに目をこすりながら「なに……？」と頭をもたげ、修子もゆっくりと体を起こした。

「日の出、一緒に見ない？」

「日の出……？」

「そう、たぶんもうすぐ。みんなで一緒に見よう」

悠里は何度かぼんやりとまばたきをして「行くっ」とつぶらな目をぱっちり開いた。村尾さんは、と見ると、すでに布団から出てカーディガンをはおっていた。

足音をひそめて部屋を出て、玄関にむかって廊下を歩く。電気の点《つ》いていない静かな廊下は、二人を呼びに来た時よりも少しだけ明るくなっていた。下駄箱《げたばこ》から出した靴《くつ》をはいて、さっき洸と空をながめた裏庭へむかう。その途中で、ガラスをはじくような声が言った。

「足、大丈夫？　肩につかまる？」

双葉はびっくりして、修子を見つめた。修子はやっぱり孤高の無表情だ。でも、今かけられた言葉はちゃんと耳に残っていて、じわりと笑みが浮かんだ。

「大丈夫、今はそんなに痛くないから。ありがとう、村尾さん」

そう、というようにうなずいて、修子は足を進める。「ちょっと寒いけど気持ちいいねー」と悠里がふり返って笑う。二人の姿を見つめ、双葉は、夜と朝のあいだの空を仰いだ。

冷たい人、やさしい人。うるさい人、おもしろい人。がさつ。一匹狼《おおかみ》。ブリッコ。知らず知らずのうちに、そんなふうに人を分類している。そうしたほうがわかりやすいから。そうしてラベルを貼《は》ったほうが、安心できるから。

だけど、目に映る誰かの姿は、その人のほんの一部だ。

朝から昼へ、昼から夕暮れへ、夕暮れから夜へ、そしてまた朝へ。そうして姿を変えながらめぐっていくこの空のように、きっと誰もが、数えきれないいくつもの色を持っている。

そして誰かと出会うことで、色は互いにまざり合い、また新しい色が生まれていくのだ。

「おー、来た来たー」

裏庭に到着すると先に洸と亜耶が来ていて、手をふる亜耶はすでにハイテンションだった。

悠里も、修子も、亜耶と一緒に丸太を組んだ柵の前に立って、東の山並みをながめる。洸が近づいてきて双葉のとなりにならんだ。

「おまえ、部屋に戻ったくせに上着持ってこなかったのか」

「あっ、そっか！　忘れてた……。ごめん、パーカ返すよ」

あわててパーカを脱ごうとすると、フードをぐいっと被《かぶ》せられた。

「いーよ、そのまま着とけ」

ありがと、と呟いて、フードの下から洸の横顔を見つめる。寝ぐせのついたゆるいくせ毛。口では意地悪なことを言って、やさしくないふりをする。だけど――本当はやさしい。

それが、十六歳の洸。

「明るくなってきた！」

藍色の影絵のようだった山並みの、その東の谷間が、金色に輝きはじめた。

まだ姿を現さない太陽の光は、それでも山々の隙間《すきま》からあふれ出しては、風景に色を与えていく。空に漂う海月《くらげ》のようだった色のない雲が、手をふれられそうなほどくっきりとした白に。新聞紙のように色褪《あ》せていた草原が、朝露《あさつゆ》をのせてきらめく緑に。

やがて山並みのむこうから現れた白く輝く光の結晶は、秒よりも繊細《せんさい》な速度で空へのぼっていった。みんなで声を発することもなくそれを見つめた。夜の闇に色を隠していた風景が、刻々と色彩をとり戻していく過程は、まるで世界が生まれていくようだった。

夜が去り、朝が訪れ、今日がはじまる。

澄みきった空気を胸いっぱいに吸いこめば、湿った土のにおい。露草《つゆくさ》のにおい。五月の朝のにおい。一緒に暗い森をさまよい、力を合わせて抜けだしたチームメートの顔が、洗いたての光に照らされて輝いている。

「いつか、思い出した時」

ふいに亜耶が、詩を暗誦《あんしょう》するように言った。

「それを一緒に経験したみんなにとって、同じ温度の、楽しい思い出になるように！」

みんなの顔を見回して、亜耶は屈託なく笑った。

「俺、この言葉気に入った。青春って感じしね？」

洸が顔をそむけ、悠里はふわっとした髪をさわり、修子だけは涼しい顔をたもっていたが、双葉も思わず視線をそらした。言っちゃうんだ、小湊くん、青春とか言っちゃうんだ……！

「恥ずかしいやつ……」

「は？　こういうのは照れたら負けだぜ？　そーゆーのがよっぽど恥ずかしい」

みんなの反応にもまったくめげず、丸太の柵に手をおいて亜耶は青空に声をはりあげた。

「冷めるのなんて、もっとジジババになってからでいーっつの！」

「おまえはオッサンになっても変わらなそう……」

「それは本気でウザーい」

「あははっ」

洸と双葉がそろって顔をしかめると、悠里が笑って、修子もやわらかく目を細める。透きとおった朝の風が、五人のあいだを吹きぬけ、緑の草原に波を描きながら渡っていく。

きっと、どれだけ時間がたっても、忘れないだろう。

太陽がのぼるのをみんなで見た朝のこと。この同じ温度の思い出は。

*

三日間お世話になった『青年の家』をきれいに掃除し、閉会式を終えたあと、貸し切りバスと電車を乗り継いで自宅の最寄りの駅まで帰ってくると、空は夕焼けに染まっていた。

いつもなら駅から自宅までは徒歩で帰るのだが、捻挫した足ではそれはきつい。双葉は自宅の母親に電話をかけてみた。

「あ、ほんと？　うん、わかったー。そんじゃーね」

通話を切って携帯電話を鞄にしまうと、

「どうだった？」

と植えこみの縁に腰かけた洸が訊《たず》ねた。

「少し時間かかるかもしれないけど来てくれるって」

「そっか、よかったな」

「もうそんなに痛くないんだけどねー」

「まー、まだ無理しないほうがいいんじゃん」

「うん、そうだね」

母親は夕飯の支度が佳境《かきょう》に入っていたところだったようで「今手が放せないからちょっと待っててちょうだいねー」と言っていた。どうやって時間つぶそうかな、と夕焼けの空をながめて考えていた双葉は、ふと気づいた。

植えこみの縁に腰かけた洸が、そのまま動こうとしないのだ。

「洸、帰らないの？」

「あ、猫」

洸は少し離れたところにあるベンチの前まで歩いていって、しゃがみこんだ。ベンチの下に寝そべっていた黒い猫に手をさしのべる。まだ体の小さい猫だ。

「もしかして、一緒に待っててくれてる？」

洸は猫をじゃらして遊ぶだけで答えない。

「わ、私なら大丈夫だから洸は帰っても……」

「あー！」

と洸が声をあげて、ふり返った。黒い子猫を抱いていた。

「見てこいつ、くつ下片っぽだけはいてんの」

確かに全身が黒い子猫は、右の前足の先だけが白くなっていて、まるでくつ下をはいているみたいだった。それにしても何、その無邪気。不覚にもキュンとした。

（ま……いいか、一緒に待っててもらっちゃお）

双葉もしゃがみこんで、子猫の黒い毛におおわれた背中をなでた。体毛の下に薄い皮膚《ひふ》があり、硬い背骨の形がはっきりと指に伝わってくる。

「まだちっちゃいね、この子」

「ノラかな？　けっこう人になついてるけど」

「通りすがりの人がご飯とかあげてるのかもよ」

「あー、かもな」

子猫の喉《のど》をくすぐる洸の横顔は、とてもやさしくて穏やかだった。

だんだん、洸のことがわかってきた。セロリは嫌い。猫は好き。

意地悪なのは口だけで、本当は——やさしい。

しばらく二人で子猫と遊んでいると、駅前広場の前を通る道路に、青い自動車がウィンカーを点滅《てんめつ》させながら停車した。運転席から手をふっているのは母親だ。

「あ、うちの車来た」

と双葉が立ち上がると、

「んじゃ、俺も帰るわ」

と洸も腰をあげて「おつかれー」と言いながらさっさと歩き出した。

「あ、一緒に乗ってけば？」

「ん、いーや、俺寄りたいとこあるし。じゃーな」

一度ふり返った洸が、また背中をむける。くるんとカールしたえり足が見える。でも今はもう、そこに『田中《たなか》くん』をさがそうとは思わなかった。

迷いこんだ森を抜けるまで、ずっとおぶっていてくれたのは、今の洸だ。冷えるからとパーカを貸してくれたのも、迎えが来るまで一緒に待っていてくれたのも。

毎日少しずつ知っていく。『田中くん』ではない、声も背も変わった、十六歳の洸を。

「洸」

洸が足をとめて、肩ごしにふり向いた。

「一緒に待ってくれてありがとう」

――って言ったらきっと、

「は？　猫と遊んでただけだし」

素っ気なく答えた洸に、やっぱり、と双葉は笑った。

「そう言うと思った！」

しばらくこちらを見ていた洸は、少し口角を持ち上げた。もうあの頃のように屈託のない笑

声《こえ》も
背《せ》も
変《か》わった
…
16歳《さい》の洸《こう》を
知《し》ってしまった
ドキ

顔ではない、でも何か通じ合ったような笑顔に、どきんとした。

洸は小さく手を上げて歩いていった。

今どきっとしたのは、『田中くん』じゃなくて、十六歳の洸だ。

私は、洸のことを――

ブー、ブー、とくぐもった振動音が聞こえて、双葉は鞄から携帯電話をとり出した。

メールの受信を知らせるランプが点滅している。新着メールを開いてみると、悠里からだった。件名は『おつかれさま』。悠里はもう家に着いたのかもしれない。

『足の具合は大丈夫？　研修、いろいろあったけど楽しかったね！　みんなともなんだか仲良くなれたみたいでよかったよ』

そうだね、と文字を目で追いながら笑う。本当にいろいろあって、大変な思いもしたけど、楽しい三日間だった。いろいろなことに気づいた三日間だった。

『あとね……あのね』

続きを読もうと画面をスクロールさせ、双葉は動きをとめた。

え――

『私ね、馬渕くんのこと、好きになっちゃった』

あとがき

原作『アオハライド』ファンの方、アオハだけじゃなくて咲坂《さきさか》先生の作品はコンプリートしてるよという上級者の方、原作はまだ読んだことがないんだけど何だかふしぎな響《ひび》きのタイトルと表紙の立ち姿がかっこいい二人が気になったという方、とにかく何らかの形で今この本を手にとってくださっているすべての方々。

心の底から、ありがとうございます。

小説版『アオハライド』第1巻。最後のページまで読み終わったとき、ああ、これを買ってよかったなと思っていただけたら、物書きとしてこれほど嬉しいことはありません。

ご存じの方もおられるかもしれませんし、ご存じない方もおられるかもしれませんが、咲坂さんの作品をノベライズさせていただくのは、これが二度目になります。……ちなみに前作は『ストロボ・エッジ』といいましてね、こちらも素敵なトキメキ青春恋模様ですよ？

今回『アオハライド』のノベライズのお話をいただき、原作を拝読《はいどく》したとき、最初に感じたことは、前作とはだいぶ方向性が違うんだなということでした。前作は本当にきらきらした青春恋模様でしたが、この『アオハライド』は恋だけではなく、友達との関係や、家族との関係、やりたい通りにできない自分への歯がゆさ、そういうものまで踏みこんで描かれています。お茶を飲みつつじっくりと原作を読みながら、ときどきページをめくる手をとめて、自分の高校時代を思い出したりしました。

私はコンプレックスのかたまりみたいな高校生で、大人になった今もそれはあまり変わっていませんが、あの頃は妥協《だきょう》することも許すことも知らなかっただけ、今よりずっとヒリヒリして息苦しかった記憶があります。友達の悪気ないひと言にもやもやしたり、思った通りにできない自分が嫌で嫌で仕方なかったり、仲間と意見が合わず言い争ってしまって胸がぎゅうっとしたり。そういう思い出が原作を読み進めるうちに浮かんできて、せつなくなりました。それだけに自分を変えたいと双葉《ふたば》ちゃんが一生懸命に歩いていく姿はまぶしくて、がんばれ、大丈夫だよ、という気持ちでキーを叩《たた》きながら、本巻を書きました。

『アオハライド』のキーワードの一つに「変わる」というものがあると私は思っています。初々《ういうい》しくて、ナイーブで、とてもピュアな双葉ちゃんと洸《こう》くんの中一のひと夏。そこから三年の時間が過ぎて、再会したとき、二人はもうあの頃とは変わってしまっている。洸くんをあれほど変えてしまったものは何なのか、それはまだ語られていませんが、過去の傷から変わらざるを得なかった双葉ちゃんは、もう一度、今度は自分から変わりたいと願って踏み出していきます。彼女のそのひたむきさは、きっと洸くんをはじめ周りの人々をも動かし、変えていくことでしょう。変わり続ける高校生たちの青春と恋と想いとを、ひとつひとつ一番ふさわしい言葉をさがしながら、つづっていきたいと思います。

ではこのへんで結びの謝辞を。

何よりもまず原作者の咲坂さん。超絶お忙しいなか原稿を読んでくださり、そして丁寧《ていねい》なコメントをくださり、本当にありがとうございます。……しかも毎度、誤字脱字の指摘までいただいてしまってすみませんッ！　恥ずかしい、恥ずかしいぞ阿部《あべ》。次こそは妙ちきりんな日本語がない原稿をお届けします。

そして別冊マーガレットとコバルト文庫の両担当さん。いつも原稿の点検や連絡のやりとりをありがとうございます。表紙にのる名前は咲坂さんと私のものだけですが、原稿が本となって読者さんの手に届くまでには、本当にたくさんの方々の尽力《じんりょく》があります。そのすべての方々に感謝します。

そして最後にもう一度、この本を手にとってくださった方、本当にありがとうございます。今の自分にできる最高のもの、読んでよかったと思っていただけるものを書けるよう励《はげ》みますので、小説版『アオハライド』、どうかよろしくお願いします。

阿部暁子

※この作品はフィクションです。実在の人物・団体・事件などにはいっさい関係ありません。

この作品のご感想をお寄せください。
先生へのお手紙のあて先
〒101－8050　東京都千代田区一ツ橋2－5－10
集英社コバルト編集部　気付
阿部暁子先生
咲坂伊緒先生

あべ・あきこ

1985年生まれ。岩手県出身。『陸の魚』で雑誌Cobalt短編小説新人賞に入選の後、『いつまでも』で2008年度ロマン大賞受賞。コバルト文庫に『屋上ボーイズ』（『いつまでも』改題）、『ストロボ・エッジ』シリーズがある。好きなものは献血と薄暗い場所。来世はぜひ猫になりたい。

さきさか・いお

6月8日生まれ。双子座。B型。東京都出身。『サクラ、チル』（別冊マーガレット）でデビュー。マーガレットコミックスに『ストロボ・エッジ①〜⑩』、『ＢＬＵＥ』『マスカラブルース』などがある。趣味は、ダラダラ、寝る、ペンキ塗り。

アオハライド 1

COBALT-SERIES

2012年 1 月10日　第 1 刷発行

★定価はカバーに表示してあります

著　者	阿　部　暁　子
原　作	咲　坂　伊　緒
発行者	太　田　富　雄
発行所	株式会社　集　英　社

〒101－8050
東京都千代田区一ツ橋２—５—10
電話　東京（3230）６２６８（編集部）
（3230）６３９３（販売部）
（3230）６０８０（読者係）

印刷所　大日本印刷株式会社

ISBN978-4-08-601602-5　C0193

小説
阿部暁子
原作
咲坂伊緒
知ってしまった。
恋というものを。
恋愛未経験の仁菜子《になこ》はある日、学校で人気の男子・蓮《れん》と出会い、しだいに心惹かれて…？
ストロボ・エッジ
STROBE EDGE
シリーズ既刊4冊・好評発売中！
❶ストロボ・エッジ ❷消せない想い
❸告《い》えない想い ❹つながる想い
コバルト文庫